Herzsprung
Verlag

Impressum:

Alle weiteren Personen und Handlungen des Buches sind frei erfunden.
Ähnlichkeiten mit lebenden oder verstorbenen Personen sind
zufällig und nicht beabsichtigt.

Besuchen Sie uns im Internet:
www.herzsprung-verlag.de

© 2017 – Herzsprung-Verlag GbR
Mühlstr. 10, 88085 Langenargen
info@herzsprung-verlag.de
Alle Rechte vorbehalten.
Erstauflage 2017

Das Werk einschließlich aller seiner Teile ist urheberrechtlich geschützt.

Lektorat: Melanie Wittmann
Herstellung: CAT creativ - www.cat-creativ.at
Coverillustration: © auryndrikson - lizensiert Adobe Stock Foto

Gedruckt in der EU

ISBN: 978-3-96074-015-5 – Taschenbuch
ISBN: 978-3-96074-166-4 – E-Book

Elisabeth Martschini

GLÜCK^3

Bad Auer Trilogie
Band 3

Herzsprung-Verlag

Inhalt

Im Café Sisi

Das war das Ende. Er saß alleine an einem Tischchen im Café Sisi. Die Spitzen seines Milchschaumoberlippenbarts zeigten traurig nach unten. Was einmal Somlauer Nockerl gewesen waren, lag als unansehnlicher Haufen auf dem Dessertteller, jedoch hatte von Biskuitteig, Vanillecreme und Schokoladensoße kein bisschen den Weg in seinen Magen gefunden. Genauso wenig wie von den Rumrosinen. Nicht einmal die Melange, gerade noch stolze Trägerin jenes Milchschaums, der jetzt die kraftlose Oberlippe zierte, wollte dem alten Herrn schmecken.

„Darf es noch etwas Süßes sein, Herr Hirschhauser?", fragte Petra Sandor, die an das Tischchen herangetreten war, ihn trotzdem scheu, während sie verstohlen den Teller mit der verschmähten Spezialität an sich nahm. Alois Hirschhauser schüttelte stumm den Kopf, woraufhin sich die junge Frau leise wieder hinter die Theke zurückzog, um ebenso leise die Spuren des Nockerlmassakers zu beseitigen.

Dabei hätte sie gar nicht so still zu sein brauchen, die Gruppe junger Männer im hintersten Winkel des Café Sisi, an dem Tisch gleich beim Fenster, war es auch nicht. Immer wieder drang Lachen durch den Raum, begleitet von Gesprächsfetzen wie „Darth Vader zieht sein doppeltes Lichtschwert" oder „Die dunkle Seite der Macht wendet sich gegen Prinzessin Leia". Reizworte für Filmliebhaber oder Kaffeehausbesucher, je nachdem.

Allein Alois Hirschhauser hörte nichts oder wollte nichts hören, weder von einem Stück Dobostorte noch von irgendwelchen intergalaktischen Sternenkämpfern. Auch nicht von jungen Männern. Seine Gedanken waren im Gegenteil bei einer alten Frau, einer Dame, wie sie sich selbst bezeichnet hätte, wobei der Konjunktiv eigentlich fehl am Platz war, denn Frau Hildegard Binsen, Pardon,

Frau Doktor Hildegard Binsen hatte sich des Öfteren ganz ungeniert eine Dame genannt. Nicht aufgrund irgendeines Adelstitels. Der Doktor ihres Gatten – Gott hab ihn selig – reichte vollauf. Mit diesem Gatten war Frau Doktor Binsen, seit sie so hieß, sein Leben lang verbunden gewesen. Mit Alois Hirschhauser, einem nunmehr pensionierten Friseur, war sie hingegen ihr Leben lang verbunden gewesen seit der Zeit, als sie noch auf den Namen Hildegard Bauernfeind gehört hatte.

Und sein oder nicht sein – ihr Leben nämlich! –, das machte schon einen Unterschied. Nicht so sehr wegen der Jahre vor der Hochzeit, die im Vergleich so zahlreich nicht gewesen waren, sondern wegen der Jahre, fast schon Jahrzehnte, die Hildegard ihren Gatten überlebt hatte. Alte Liebe rostet nicht und alte Freundschaft noch weniger. Für beide galt in diesem Fall jedoch: bis dass der Tod sie scheide. Und der Tod hatte sie geschieden – zuerst Hildegard und Kurt Binsen und kürzlich auch Hildegard Binsen und Alois Hirschhauser.

Mit anderen Worten: Frau Doktor Hildegard Binsen, gern gesehener Stammgast im Café Sisi, war gestorben. Hatte die Kuchengabel abgegeben und in die hellblaue Papierserviette gebissen, um sich die Tortenteller von unten anzusehen, was nichts mit dem Stempel irgendeiner bayerischen oder tschechoslowakischen Porzellanmanufaktur zu tun hatte. Dabei hatte die eine gerade erst ihr 250-jähriges Jubiläum gefeiert, wohingegen die Heimat der anderen ... Aber lassen wir das. Das hatte schon vor ihrem Tod nichts mit Hildegard Binsen zu tun gehabt und hatte es danach noch viel weniger, weil Scherben zwar Glück, nicht aber das Leben zurückbringen.

Im Übrigen war das mit den Scherben und dem Glück so eine Sache. Teller, Gläser und Kaffeetassen waren im Café Sisi in den vergangenen sieben, acht Jahren natürlich schon einige kaputt gegangen. Aber dass das in irgendeiner Beziehung zum Glück gestanden wäre, hätte Petra Sandor nicht sagen können. Doch nicht deshalb schüttelte die Konditorin jetzt ebenso stumm den Kopf, wie es zuvor Herr Hirschhauser getan hatte. Mit dem das Kopfschütteln denn auch ursächlich zusammenhing. Das hatte es nämlich in besagten sieben, acht Jahren, die Petra Sandor nun schon mit ihrem Mann Istvan das Café Sisi betrieb, noch nicht gegeben: dass Herr Hirschhauser die Mehlspeise verweigerte. Er, der bisher sogar vor einem deftigen Mittagessen den stadtbekannten Somlauer Nockerln nicht hatte widerstehen können.

Nicht, dass die kleine, einstmals mondäne, jetzt aber schon etwas in die Jahre gekommene Kurstadt Bad Au ein breiteres Wissen über Somlau hätte vorweisen können. Bestimmt kannten 99 Prozent der Bad Auer dieses westungarische Städtchen nicht einmal vom Hörensagen und wären deshalb nie auf die Idee gekommen, dass die Bezeichnung der von ihnen so geliebten Nockerl, die in der Hauptsache aus hellem und dunklem Biskuitboden bestanden, irgendwas mit dem zwischen Neusiedlersee und Plattensee gelegenen Berg Somlau, der auch dem Städtchen seinen Namen gegeben hatte, zu tun haben könnte. Das wäre zu weit hergeholt gewesen. Bei Malakoff und Molotow und Kalaschnikow dachte ja auch niemand mehr an die ursprünglichen Namensgeber.

Über die Herkunft der Somlauer Nockerl machte sich einzig Petra Sandor Gedanken. Nicht nur, weil deren Zubereitung im Café Sisi in ihren Zuständigkeitsbereich fiel, sondern auch und vor allem, weil sie dieses eine Rezept der ungarischen Großmutter hinüber nach Österreich gerettet hatte. Die Großmutter selbst war damals zurückgeblieben, als der Rest der Familie zu neuen Donauufern aufbrach, hatte den Weg ins gelobte Österreich gescheut und darauf beharrt, in ihrem geliebten Ungarn zu bleiben, zumal dieses endlich den aus tiefster Seele verabscheuten Kommunismus losgeworden war. Da halfen kein Drängen und später auch kein Ziehen. Die alte Frau blieb in ihrer Heimatstadt, die schon ihre Geburtsstadt gewesen war und bald auch ihre Sterbestadt werden sollte.

„Nagymama, szeretem Ómama“, dachte Petra Sandor und wischte sich beim Gedanken an ihre geliebte Großmutter mit dem Zipfel ihrer Schürze eine Träne aus den Augen. Der Verlust Frau Doktor Hildegard Binsens hatte auch sie sentimental werden lassen.

Darth Vader und R2-D2 im hintersten Winkel des kaffeehäuslichen Universums wussten davon freilich nichts, weder von Hildegard Binsen noch von Petra Sandors Großmutter oder gar von Somlauer Nockerln, die nicht auf der regulären Karte standen, sondern nur einmal im Monat angeboten wurden.

„Fallt bitte nicht aus der Rolle“, ließ sich eine Stimme vernehmen. „Davon krieg ich langsam Magenschmerzen.“

Die Bemerkung „R2-D2 kann sich nicht über Magenschmerzen

beschweren, er ist eine Maschine, verdammt. Der kann nicht mal reden" sorgte vorübergehend für Schweigen.

Da fehlte etwas, fand Petra Sandor. Das Leben war doch nur noch die Hälfte wert, wenn einer wie Alois Hirschhauser keine Mehlspeisen mehr mochte. Es musste ja nicht gleich eine Dobos- oder Herren- oder Malakofftorte sein, aber ein Stück Marmorguglhupf ging immer.

„Der geht aufs Haus", sagte sie leise zu Herrn Hirschhauser, als sie das Tellerchen mit dem Kuchen vor ihn auf die Marmortischplatte stellte. Marmorkuchen auf Marmortischplatte. Vielleicht hatte diese Kombination mehr Erfolg als die armen Somlauer Nockerl.

„Ist lieb von Ihnen", antwortete der alte Herr ebenso leise. Seine Linke zuckte, als wollte sie der jungen Frau über den Arm streichen oder wenigstens die Hand drücken, berührte stattdessen aber nur zaghaft die Kuchengabel. So blieb Alois Hirschhauser sitzen, während Petra Sandor sich dezent zurückzog. Man kannte einander.

„Die dunkle Seite der Macht schlägt zurück", kam es aus der hinteren Ecke des Gastraums.

„Mach ein bisserl leiser, Mann, sonst bekommt unser Universum unerwünschten Zuwachs", tadelte eine andere Stimme.

„Das dehnt sich sowieso immer weiter aus", verteidigte sich die erste Stimme.

„Vielleicht. Vielleicht zieht es sich danach aber auch wieder zusammen und die dunkle Macht fliegt raus, weil sie die Grenzen der Realität nicht anerkennt."

„Der Fiktion, du Nuss", gab die dunkle Macht zurück.

Aus den Augenwinkeln beobachtete Petra Sandor, wie Herr Hirschhauser sich mit der Kuchengabel die von schütterem Haar nur notdürftig bedeckte Kopfhaut kratzte. „Er ist alt geworden", dachte sie, „das wäre ihm früher nicht passiert, dafür hätte Frau Doktor Binsen schon gesorgt." Womit die von keinem Titel belastete Konditorin zweifellos recht hatte. Für Hildegard Binsen wäre es ein schwerer Fauxpas gewesen, in aller Öffentlichkeit – und sei es nur die eigentlich sehr private Öffentlichkeit im Café Sisi – mit einem Mann gesehen zu werden, der sich mit einer Kuchengabel am Kopf kratzte wie ein ordinärer Bauarbeiter. Dass Bauarbeiter selten Kuchengabeln zur Hand hatten, hätte Hildegard Binsen geflissentlich übersehen.

Petra Sandor lächelte. Doch es war kein glückliches Lächeln, das ihre schmalen Lippen umspielte, vielmehr ein trauriges, melancholisches. Ein Lächeln, das seinen Zwilling auf dem faltigen Gesicht des Herrn Hirschhauser fand. Ein Lächeln, das in einem Akt der resignativen Verzweiflung die entschwindende Vergangenheit festzuhalten versuchte, sich der Vergeblichkeit seines Bemühens aber schmerzlich bewusst war, weil die so belächelte Vergangenheit längst entschwunden war.

„Hildegard", seufzte Herr Hirschhauser in seinen Gedanken, als hätte er die der Petra Sandor erraten. Er ließ die Kuchengabel sinken. Was hätte er nicht für diese Frau – also für Hildegard, Hildegard Binsen – gegeben? Alles. Alles, was er hatte. Aber dieser Kurt Binsen, dieser aufgeblasene Medizinstudent, hatte mehr zu geben gehabt. Zumindest theoretisch, denn was davon seine, Alois Hirschhausers Hildegard tatsächlich bekommen hatte und was ihr, wie dem Esel die Karotte, nur lockend vorgehalten, schlussendlich aber verweigert worden war, ließ sich nur erahnen. Hildegard selbst hatte darüber höchstens andeutungsweise gesprochen. Weil es unmöglich gewesen wäre zuzugeben, dass sie, Frau Doktor Binsen, in den Augen der Welt einen Fehler gemacht und den falschen Mann geheiratet hatte. Oder besser gesagt: einen falschen Mann, weil die Auswahl an falschen Männern in der Regel weit größer als die an richtigen zu sein schien. Weshalb man den Frauen auch keinen Vorwurf machen durfte, musste sich der von ihnen gewählte Mann doch beinahe zwangsläufig als ein falscher herausstellen.

Aber gerade zu jener Riege der mit einem falschen Mann gesehenen und verehelichten Frauen hatte Hildegard, geborene Bauernfeind, nicht gehören wollen, war also mit ihrer Wahl zufrieden gewesen oder hatte sich zumindest damit zufriedengegeben, indem sie sich selbst nahm, was sie bekommen konnte. Den Doktortitel ihres Gatten zum Beispiel.

Den brauchte er nach seinem Tod ohnehin nicht mehr. Wobei sie diesen Titel zugegebenermaßen bereits vor seinem Tode geführt hatte, wohingegen sie nach dem Tod des Göttergatten auch alle anderen seiner Besitztümer geerbt hatte, da gemeinsame Kinder nicht gegeben oder genommen, auf jeden Fall nicht geboren worden waren.

„Anakin Skywalker bekämpft die fremde dunkle Macht mit seinem Lichtschwert", war vom Tischchen in der hinteren Ecke des Gastraums zu hören.

„Du bist schizophren", unterbrach eine andere Stimme.

„Und bei dir piept's wohl", sagte die erste ärgerlich.

„Logisch, reden kann ich ja nicht."

„Dafür faselst du aber eine ganze Menge", mischte sich eine dritte Stimme ein.

Alois Hirschhauser fasste entschlossen seine Kuchengabel und stach die drei Zinken in das bis dahin noch jungfräuliche Stück Guglhupf. Petra Sandors Lächeln verlor für einen Moment seine Wehmut.

Hildegard Binsen war an einem nasskalten Tag Anfang März gestorben. Kälte und März beherrschten noch immer das Wetter beziehungsweise den Kalender, aber wie zum Hohn lachte nun die Sonne vom wolkenlos blauen Himmel und lockte die ersten Frühlingsblumen aus der zum Teil noch gefrorenen Erde. Hildegard Binsen konnte diese Blumen nicht mehr sehen. Schade, denn Blumen waren das Einzige gewesen, woran sich ihr mitunter hitziges Temperament nicht entzündet hatte. Mit Blumen hatte man sie immer besänftigen können, selbst wenn die Lage ganz und gar aussichtslos zu sein schien.

Im Unterschied zu Kurt Binsen, Pardon, Herrn Doktor Kurt Binsen hatte Alois Hirschhauser jedoch selten zu diesem letzten Mittel greifen beziehungsweise es Hildegard Binsen selten überreichen müssen. Ihm gegenüber war die liebe Hildegard nur in Ausnahmefällen wirklich aus der Haut gefahren. Oder lag das daran, dass die Blumen weniger das Temperament der hitzigen und jetzt toten Dame als vielmehr das Gewissen der jeweiligen anderen Partei besänftigen sollten? Diesen Schluss ließen zumindest die zu Kränzen gewundenen oder in gewundene Kränze gesteckten Blumen – vor allem Rosen und Gerbera – zu, die den Sarg der Verstorbenen geschmückt hatten und jetzt auf ihrem Grab vor sich hin welkten.

Das Temperament Hildegard Binsens war mit ihrem Tod erloschen, vielleicht sogar ein wenig früher, vielleicht schon mit dem Schlaganfall, von dem sie sich nicht mehr erholen sollte. Das Gewissen der Hinterbliebenen drückte diese jedoch über Hildegard Binsens Tod hinaus oder begann eigentlich erst da, so richtig zu drücken, bis es die Angst hervorgepresst hatte. Die Angst vor den

Gerüchten, die klatschsüchtige Mäuler über mangelnde Pietät und so weiter verbreiteten. Oder verbreiten konnten, weshalb die Blumen auf dem Grab also vielleicht weder das hitzige Temperament der Frau Doktor Binsen noch das Gewissen der Hinterbliebenen beruhigen, sondern vielmehr die Mäuler der – weiblichen genauso wie männlichen – Klatschweiber stopfen sollten. Weil Schweigen doch Gold und so.

Wobei die Sache mit den Blumenkränzen auch nicht ganz risikofrei war. Weil so ein Kranz im Grunde die Liebe zum Verstorbenen ausdrücken sollte. Die Größe dieser Liebe richtete sich jedoch nicht selten nach der Größe der Erbschaft. Weil deren Größe und Wert zum Zeitpunkt eines Begräbnisses aber oftmals noch gar nicht feststanden, konnte so eine Grabwanderung schon mal zur Gratwanderung werden. Frei nach dem Motto: Werde ich mir Mutters Kranz noch geleistet haben können, nachdem ich die restlichen Begräbniskosten bezahlt und die Notarrechnung beglichen haben werde? Das Futur exakt ließ sich leider nur sehr ungenau vorhersagen.

Auf Hildegard Binsens Grab waren, zugegeben, nicht viele Kränze gelegen, dafür aber umso größere. „In Schmerz und Trauer. Heinrich und Luise" war auf dem einen gestanden, dessen dunkelviolette Rosen alles andere als natürlich gewirkt hatten. „In Liebe. Deine Familie" hatte Alois Hirschhauser auf einem anderen gelesen, auf dem sich rote mit hellrosafarbenen Gerbera duellierten. Und einen Kranz hatte sogar die Stadtgemeinde geschickt. Weil Kurarztgattin und so. Wer sich von den jetzigen Gemeindebonzen noch an den lange verstorbenen Doktor Kurt Binsen erinnern konnte, hatte Herr Hirschhauser sich gefragt.

Er selbst hatte keine Blumen auf den Friedhof mitgebracht, weder einen Kranz noch eine einzelne Rose, die er seiner Hildegard ins offene Grab hätte werfen können. Über die Köpfe der wenigen anderen Begräbnisteilnehmer hinweg, hinter denen er sich während der ganzen Zeremonie nicht hervorgewagt hatte. Wer war er schon? Ein Jugendfreund, mehr nicht. Doch die Jugend lag lange zurück, sehr lange.

Und wer hätte sich bei einem Begräbnis schon nach vorne gedrängt und gerufen: „Ich, bitte, ich hab sie all die Jahre geliebt, obwohl sie mich nicht hat heiraten wollen, sondern lieber diesen eingebildeten Schnösel von einem Arzt genommen hat, sodass ich mein Glück bei einer anderen hab suchen müssen, aber trotzdem nicht von ihr, Hildegard, losgekommen bin!" Niemand hätte das gerufen, zumindest nicht im richtigen Leben. Und Alois Hirschhauser schon gar nicht. Der hatte still seine Tränen geschluckt und Haltung bewahrt, wie er es all die Jahre über getan hatte.

Und so schluckte er auch jetzt, nicht Tränen, sondern ein Stück von Petra Sandors Marmorguglhupf, den ihm die junge Frau in mütterlicher Fürsorge vor die Nase gestellt hatte. Er bemühte sich, diese Geste zu würdigen, bemühte sich, den Kuchen zu schmecken, von dem er wusste, wissen musste, dass er ganz ausgezeichnet war. Dass die beinahe kitschige Süße des hellen Teiges mit dem bitteren Kakao der dunklen Stellen die perfekte kulinarische Kombination abgab, so perfekt, dass keine Cupcakes und Tartes und anderes neumodisches Backwerk, das es im Café Sisi ohnehin nicht gab und das Herr Hirschhauser darum auch noch nie probiert hatte, damit konkurrieren konnten. Mit anderen Worten: Alois Hirschhauser befahl sich, den Kuchen zu schmecken, weil der ihm bisher noch immer geschmeckt hatte.

„Wenn du als Mann deine Gefühle nicht unter Kontrolle halten kannst, bist du in der Rolle falsch", ließ sich aus der hinteren Ecke des Café Sisi vernehmen.

„Wieso ich als Mann?", folgte die verwunderte Reaktion.

„Bist keiner?"

„Sicher bin ich einer, war's zumindest heute in der Früh beim Duschen noch ..."

„Du duschst? Und das nennst du männlich?" Man hörte Gekicher.

„Der Mann von heute hat auch Gefühle", verteidigte sich der in seiner Ehre merklich Gekränkte.

„Aber die Maschine von morgen hat keine, Herrgott noch mal. R2-D2 ist eine Maschine, der kriegt wegen irgendwelcher Gefühlsduseleien nicht gleich die Krise."

„Doch, kriegt er. Du hast wirklich keine Ahnung."

„Muss ich auch nicht. Deine ganzen Außerirdischen können mir, ehrlich gesagt, gestohlen bleiben. Denk dir vielleicht mal was anderes aus, eine eigene Story mit Menschen drin."

„Wenn dir meine Storys nicht zusagen, sei halt das nächste Mal du Spielleiter. Ich reiß mich eh nicht um den Job."

„Womit auch das gesagt wäre“, mischte sich eine vierte Stimme entschieden ein. Entschieden und entscheidend, denn die Streithähne ließen voneinander ab, um in ihr Paralleluniversum zurückzukehren.

„Was für ein Kontrast“, dachte Petra Sandor kopfschüttelnd. Dieses Häufchen junger, ein bisschen verrückter Männer und der alte, jeder Lebensenergie beraubte Mann, der mechanisch ein Stück Marmorguglhupf nach dem anderen in den Mund schob. Gemeinsam war den fünfen nur das etwas verwahrloste Aussehen. Bei Herrn Hirschhauser hatte sich diese Stilnuance erst in den letzten Wochen herausgebildet. Wie lange sie die vier jungen Männer an dem für so viele Personen eigentlich viel zu kleinen Tischchen beim Fenster schon umgab, wusste Frau Sandor nicht zu sagen, sie kannte die vier erst seit ein paar Wochen.

Sehr höflich hatten sie sich bei der Konditorin vorgestellt. Eine Rollenspielgruppe seien sie, hatten sie gesagt und, einer nach dem anderen, sehr artig ihre Vornamen genannt. Wie zu groß gewordene Schulbuben. Petra Sandor hatte schon abwinken wollen, denn für Laientheateraufführungen fehlte es dem Café Sisi sowohl an Platz als auch an Geld. Aber damit war sie ganz falsch gelegen, denn nicht um Aufführungen und Vorstellungen ging es den jungen Männern, sondern lediglich um einen Raum, ein Räumchen für ihre informellen Zusammenkünfte zum Zweck des Rollenspiels. Da Petra Sandors eigentlich noch junge Stirn weiterhin in Falten gelegen war, hatte einer der Männer erklärt, man schlüpfe bei so einem Treffen in eine Rolle und entwickle auf diese Weise mit den anderen Spielern eine Geschichte. Rein gedanklich. Die Vorstellung fände also ausschließlich in den Köpfen der Teilnehmer statt und habe nichts mit einer öffentlichen Aufführung zu tun. Aufführen täten sie sich selbstverständlich gar nicht, dazu seien sie alle miteinander zu wohlerzogen, hatte der junge Mann mit den sehr kurzen dunklen Haaren hinzugefügt und gezwinkert. Damit hatte er Petra Sandors Herz gewonnen und zugleich die Erlaubnis, sich mit seinen Kollegen oder Freunden zweimal pro Woche im Café Sisi einen Vormittag lang der Fantasie hinzugeben.

Das war natürlich rein grundsätzlich jedem Gast gestattet. Aber der normale Gast fühlte sich, wenn er drei, vier Stunden im Kaffeehaus zubrachte, zumeist doch dazu genötigt, mehr als einen Kaffee oder eine kleine Flasche Mineralwasser zu konsumieren. Ein junger Gast, der regelmäßig zwei Vormittage pro Woche zu diesem Zweck aufwenden konnte, verfügte hingegen tendenziell eher nicht über die finanziellen Mittel, seinen Kaffeehausbesuch mit zwei Tassen Kaffee und zwei Stücken Mehlspeise – mindestens! – zu rechtfertigen. Darum die höfliche Frage bei gleichzeitiger Versicherung, das Lokal sofort zugunsten zahlungskräftigerer Kundschaft zu räumen, sollte dies einmal erforderlich sein. Man versteht, warum Petra Sandor in diesem Fall unmöglich *Nein* sagen konnte.

Sie hatte ihre Gutmütigkeit bisher auch nicht bereut. Allein die Unterhaltung war's wert, fand sie. Denn mochte es sich beim Spiel dieses seltsamen Grüppchens auch nicht um eine Vorstellung für andere, außerhalb ihres Universums Stehende handeln, konnte Petra Sandor doch nicht umhin, den Dialogen der jungen Männer des Öfteren zu lauschen – und sich vor Vergnügen ins Schürzchen zu lachen. Die vier waren einfach zu liebenswürdig. Obwohl sie dem heute mehrmals zur Ordnung gerufenen Mann in der undankbaren Rolle des piepsenden und blinkenden Roboters R2-D2 insgeheim recht gab: Eine etwas innigere Beziehung zu Mutter Erde hätte den gespielten Geschichten ihrer Meinung nach nicht geschadet.

Nichtsdestoweniger trat sie augenblicklich an den Tisch der vier Sternenkrieger, als der heutige Spielleiter, auf sich aufmerksam machend, die Hand hob. Womit er dieses Mal eindeutig die hinter der Theke wartende Konditorin und nicht einen ungehorsamen Mitspieler gemeint hatte.

„Was darf es denn sein, Herr ... Andreas?", fragte sie.

Herr Andreas. Die Anrede kam Petra Sandor auch nach zwei oder drei Wochen noch nicht flüssig über die Lippen. Die vier jungen Männer hatten sich, wie gesagt, jeder einzeln mit Vornamen vorgestellt. Und dabei war es geblieben. Frau Sandors zaghafte Versuche, die Nachnamen der werten Herren in Erfahrung zu bringen, waren freundlich, aber bestimmt abgewiesen worden. Andreas, Walter, Daniel und Justus. Das reiche, hatte der heutige Spielleiter gemeint und niemand hatte ihm widersprochen. Nicht einmal Petra Sandor, weil einem Gast zu widersprechen nur in wirklich dringenden Fällen geraten schien. Und das war kein solcher Fall, war überhaupt kein Fall, war eine Rollenspielgruppe und damit außerhalb jeder Normalität. Oder auch Realität.

Auf die Anrede *Herr* zu verzichten, hatte Petra Sandor trotzdem nicht über sich gebracht. So leger wollte man sich im Café Sisi doch nicht geben. Vor allem sie wollte sich nicht so leger geben, denn wo käme man denn hin, wenn jeder jeden nur mit dem Vornamen anspräche? Womöglich würde man sie selbst dann auch nur noch *Petra* rufen. Nicht, dass sie etwas gegen diesen Namen hatte, ganz und gar nicht, aber Petra konnte jeder heißen. Oder besser: jede. Was natürlich auch Vorteile hatte, weil sich zum Beispiel die nationale Herkunft einer Petra gut verschleiern ließ. Petra konnte eine Österreicherin genauso heißen wie eine Tschechin. Oder eben eine Ungarin. Nein, Petra Sandor war keine Ungarin mehr, nicht von der Staatsbürgerschaft her. Und Staatsbürgerschaft ist viel, wenn auch nicht alles. Vor einem sogenannten Migrationshintergrund konnte man nicht davonlaufen, den wurde man nicht los, besonders nicht heutzutage, wo er so sehr in den Vordergrund gestellt wurde. Im Guten wie im Schlechten. Da war *Petra* eigentlich ganz praktisch, das musste sie zugeben. Trotzdem, *Frau Sandor* war besser.

Nachdem sie Herrn Andreas, der den Ärger über seine Mitspieler heute offenbar mit einem zweiten Kaffee hinunterspülen musste, noch einen kleinen Braunen gebracht und den – leeren! – Kuchenteller vom Tisch des Herrn Hirschhauser abserviert hatte, zog Frau Petra Sandor sich wieder hinter die Theke zurück, wo ihre Gedanken unweigerlich zu Hildegard Binsen zurückkehrten. Und zu anderen ehemaligen Gästen des Café Sisi.

Sie erinnerte sich an Karl August Graf, einen wortgewaltigen Stammgast im Café, bis, ja, bis er tragisch verunglückt war. Eine Erleichterung für Petra Sandor, noch mehr als für die anderen Gäste, das natürlich, aber trotzdem.

Oder Eckart Glück. Herr Graf war wenigstens alt gewesen, aber dieser Glück war noch jung, als ein Unfall ihn dahinraffte, gerade als Petra Sandor zu hoffen begonnen hatte, dass sich da etwas anbahnen könnte zwischen dem eigenbrötlerischen Musiklehrer und seiner hübschen Kollegin, in deren Begleitung er ein paarmal im Café Sisi aufgetaucht war. Doch dann hatte ausgerechnet die junge Kollegin den Mann überfahren. Wums und vorbei. Die Frau war nach einiger Zeit wiedergekommen, allerdings nicht mehr in Begleitung des Kollegen, sondern zusammen mit einer älteren, dickeren Frau. Maria Liliencron und Waltraud Kranzlbauer hießen die beiden, das wusste Petra Sandor und machte sich so ihre Gedanken. Das Leben und Sterben in Bad Au spiegelte sich *en miniature* im Café Sisi wider.

Und jetzt hatte es also auch Hildegard Binsen erwischt, die zu den ältesten Gästen gehört hatte. So alt, dass sie bereits regelmäßig das Café Franz Joseph besucht hatte, wenn man ihren Erzählungen aus der Zeit nach der mit einer Namensänderung einhergegangenen Übernahme des Kaffeehauses durch das Ehepaar Sandor Glauben schenken wollte. Ja, es hatte sich einiges verändert in den letzten Jahren, wobei sich besonders die letzten Monate auf die Kundschaft des Café Sisi ausgewirkt hatten. Geblieben waren von den alten Stammgästen Alois Hirschhauser und drei Damen, Maria Calloni, Gertrude Haberhauer und Elisabeth Vrabec. Nicht zu vergessen der treue Inspektor Obermayer, Franz Obermayer, dessen Argusaugen sich in der Regel allein auf Petra Sandors Kuchen und Torten richteten.

Auf der noch jungen Stirn der Konditorin zeigte sich eine steile Falte. Wie idyllisch wäre es ohne die alten Geschichten doch gewesen.

Kirschen, Kuchen und Kolleginnen

Das Gymnasium in Bad Au schien nicht zur Ruhe kommen zu wollen. Zu Beginn der großen Ferien, die jetzt freilich schon ein gutes oder eher schlechtes halbes Jahr zurücklagen, der von manchen lang ersehnte, wiewohl doch sehr unerwartete Weggang des seit Jahren pensionsreifen Direktor Dippelbauer. Dann der mindestens genauso unerwartete, hingegen von niemandem, nicht einmal dem unmusikalischsten Schüler ersehnte Unfalltod des Musiklehrers Eckart Glück, dicht gefolgt von den Aufregungen um die neue Direktorin Bettina Glaunigg-Althoff. Und, vorläufiger Schlusspunkt, deren nur scheinbar unmotiviertes spurloses Verschwinden kurz vor Ende des Wintersemesters. Das war ganz schön viel für den Lehrkörper, der doch irgendwie das Wesen einer Schule ausmachte, in der die Schüler wechselten, selbst wenn einzelne Exemplare sich alle Mühe gaben, bis zu zehn Jahre am selben Gymnasium zu verbringen. Ob das für die Atmosphäre einer Schule sprach, sei dahingestellt.

Nach all den Aufregungen hatte kurz vor den Semesterferien auf beinahe allgemeinen Wunsch der Kollegen Alfred Kuntz interimsmäßig die Leitung des Bad Auer Gymnasiums übernommen. Weil solch eine Schule auch oder gerade in Krisenzeiten einer starken Hand bedurfte, damit sich das Wissen nicht am Ende unkontrolliert unter den Schülern ver- beziehungsweise auf ihnen ausbreitete und sie unter sich begrub.

Alfred Kuntz also, Anglist und Geograf, der durch die Übertragung dieser ehrenvollen Aufgabe seine Power zurück und neuen Aufwind bekommen hatte. Das tat ihm sichtlich gut. Nach einem langen Wintersemester, während dessen seine Haare ihre karottenrote Farbe und der ganze Mann seine Kraft verloren zu haben schienen, strotzte Herr Kuntz jetzt wieder vor Energie. Herr Direktor

Kuntz, wie seine zum Teil langjährigen Kollegen ihn scherzhaft anredeten, wenn sie sich nicht gar zu einem *Herr Direktor Fred* verstiegen. Der auf diese Weise Angesprochene wehrte sich ebenso scherzhaft gegen die übertriebene Ehre, was nichts daran änderte, dass die Schmeicheleien runtergingen wie Öl. Da lief das Werkchen, genannt Psyche, einfach besser als mit dem Sand, den die alte neue Direktorin so gern in sein Getriebe gestreut hatte.

„Fred", sagte da ganz unverblümt Kuntz' junge Kollegin beziehungsweise Untergebene Maria Liliencron und riss den interimsmäßigen Direktor damit aus seinen Gedanken. „Fred", sagte sie noch einmal, da der Angesprochene nicht sofort reagierte, „hast du einen Moment für dich?"

Diese Frage war ein bisschen seltsam. Nicht in erster Linie deshalb, weil die Formulierung normalerweise eher eine Einleitung zu einer Bitte denn eine Frage darstellte, sondern seltsam vielmehr deswegen, weil Maria Liliencron sie tatsächlich so gestellt hatte – einen Moment für *dich*.

Diese Merkwürdigkeit schien Alfred Kuntz jedoch überhört zu haben. Als Direktor einer Mittel- und Oberschule hatte man so viel um die Ohren, dass man unmöglich allem und allen Gehör schenken konnte, zumal man mit Geschenken in dieser Position ohnehin sparsam umgehen sollte. Damit das Personal, also besonders der Lehrkörper, nicht unverschämt wurde.

Deshalb wunderte Alfred Kuntz sich nicht über die Worte der Kollegin, sondern beantwortete deren seiner Meinung nach rhetorische Frage mit einer Gegenfrage. „Was kann ich für dich tun, Maria?"

Das war nett gemeint vom interimsmäßigen Herrn Direktor, aber *nett gemeint* ist bekanntlich das Gegenteil von *nett* und *nett* ist sowieso ... Aber lassen wir das, zumal sich das Sprichwort genau genommen ohnehin auf das Adjektiv *gut* bezieht. Das erste jedenfalls.

Maria Liliencron sah oder vielmehr hörte aus dieser Frage heraus, dass der liebe Herr Direktor ihr nur ungenügend zugehört hatte, weshalb es einer Korrektur und Konkretisierung bedurfte.

„Für *dich*, lieber Fred", sagte sie darum, „nicht für mich."

Da zogen sich nun doch ein paar Falten oder besser Runzeln durch das ansonsten verjüngte Gesicht unter der leuchtend roten Haarpracht. Obwohl *Haarpracht* vielleicht doch ein wenig übertrieben war, da der interimsmäßige Herr Direktor den Haarschnitt der Bedeutung seines Amtes angepasst hatte und die von Natur aus eher wirren Wirbel und Kringel akkurat gestutzt und streng frisiert trug. Was nichts an ihrer Farbe änderte. Und noch weniger an den Runzeln, in die Kuntz' Stirn sich bei den Worten der Kollegin gelegt hatte.

„Warum für mich?", wollte er wissen. „Ich bin nicht Direktor geworden, damit ich Zeit für mich habe. Dafür fehlt sie mir sowieso. Die Schule geht vor. Außerdem", fügte er hinzu, „schaue ich eh auf mich."

Auf ihn schaute auch Maria Liliencron, allerdings ein bisschen skeptisch. Was in gewisser Weise wieder einen Gleichstand herbeiführte, weil somit jeder der beiden Kollegen den anderen mit Skepsis beäugte. Quasi unentschieden.

Entscheidend war aber, dass Maria Liliencron sich nicht mit der Antwort des lieben Herrn Direktor Fred zufriedengab und sogar noch eine dritte Person ins Spiel brachte. „Bist du sicher, Fred, dass du genug auf dich schaust? Auf dich und vor allem auch auf die Claudia?"

Claudia war Alfred Kuntz' Lebensgefährtin, die in den vergangenen Monaten allerdings kaum noch lebendig, weil schwer depressiv gewesen war. Alfred Kuntz hatte das, wahrscheinlich, zu ändern versucht und war gescheitert, hatte sogar gedroht, selbst aus einer depressiven Verstimmung heraus in eine Depression abzurutschen. Daraufhin hatte Maria Liliencron versucht, die Situation beider gefährdeter Lebenspartner zu ändern und war ... nun, genau das wollte sie wissen.

„Claudia geht es gut", gab Alfred Kuntz sofort bereitwillig Auskunft. „Die war gleich nach Neujahr bei dieser ... dieser ... Psychotan..."

„Frieda Hirschhauser", half Maria Liliencron ihm weiter.

„Richtig, danke. Also bei dieser Hirschhauser. Und die hat sie zu einem anderen Psych..."

„Zu einem Psychiater, meinst du?", unterbrach ihn die Kollegin.

„Ja, richtig. Dort ist sie hingegangen und hat endlich Tabletten bekommen und jetzt läuft's wieder", sagte Alfred Kuntz hörbar erleichtert, wobei er offen ließ, ob das apostrophierte *s* als *sie* oder *es* zu denken war. Damit wollte er das Gespräch ... nun, vielleicht nicht abwürgen, aber doch in eine andere Richtung lenken, denn er sagte ein paar floskelhafte Worte zu Maria Liliencron, die ein näheres Interesse an ihrem Befinden vermitteln sollten.

Die junge Kollegin hatte jedoch noch nicht genug erfahren, nicht genug von dem, was sie tatsächlich und aufrichtig interessierte. Ihr lag noch eine Frage auf der Zunge, die allerdings dort liegen bleiben musste, weil in diesem Moment eine andere Kollegin das Büro betrat und darum bat, mit dem Herrn Direktor sprechen zu dürfen.

„Maria, sei so lieb …", wandte Alfred Kuntz sich an sie.

„Bin schon weg", sagte Maria Liliencron und verließ den Raum, bevor sie bei ihrer Liebe noch zu etwas anderem aufgefordert wurde. „Manche Dinge ändern sich nie", dachte sie, als sie die Tür des Büros hinter sich schloss. Wie der Umstand, dass man mit der Schulleitung kein vernünftiges Wort wechseln konnte. Wobei sie mit dieser Glaunigg-Althoff, Freds Vorgängerin, zugegeben wenig zu tun gehabt hatte, weil sie den größten Teil von deren Amtszeit im Krankenstand verbracht hatte.

Auf dem Gang begegnete sie Ernst Braunsfelder, der zielstrebig auf den Kaffeeautomaten zusteuerte.

„Grüß dich, Ernstl", rief Maria Liliencron und winkte, obwohl der Kollege keine fünf Schritte mehr von ihr entfernt war. Aber aus irgendeinem Grund freute sie sich heute besonders, ihn zu sehen.

„Servus, Maria", erwiderte dieser den Gruß, setzte seinen Weg zum Kaffeeautomaten aber fort.

Die Kollegin schloss sich ihm an. Bis zum Beginn der nächsten Stunde hatten sie noch ein paar Minuten Zeit.

„Was treibt dich denn ins Büro unseres Herrn Direktor Fred?", fragte Ernst Braunsfelder, während er die verschiedenen Knöpfe des Kaffeeautomaten drückte.

„Ich wollte etwas –", sie überlegte, ob sie *Privates* sagen sollte, entschied sich dann aber anders, „etwas Wichtiges mit ihm besprechen." Immerhin war Freds und Claudias seelisches Gleichgewicht nicht weniger wichtig, als es privat war.

„So", meinte Ernst Braunsfelder und drückte immer unkoordinierter auf den Knöpfen über den Aufschriften *Zucker, Kaffee mild, Kaffee stark, Milch, Ohne* herum. Entweder litt er an akuter Entscheidungsschwäche oder der Automat verweigerte die Kooperation.

„Ja", fuhr Maria Liliencron, von den Kaffeeproblemen des Kollegen vorerst unbeeindruckt, fort, „es war oder vielmehr: Es ist wichtig. Aber der liebe Fred hat keinen Kopf mehr für solche Lappalien."

„Ja, ja", entgegnete Ernst Braunsfelder und schien nicht ganz bei der Sache zu sein, jedenfalls nicht bei der liliencronschen, „Macht korrumpiert."

Damit mochte er recht haben, aber Maria Liliencron brachte diese Aussage doch nicht ganz mit ihrem gescheiterten Gespräch mit Alfred Kuntz in Zusammenhang. Eher noch mit dem Kaffeeautomaten, der eine große Macht auf Ernst Braunsfelder auszuüben schien. Zumindest eine große Anziehungskraft, die aber jeden Augenblick in ebenso große Abneigung umzuschlagen drohte.

„Was hast denn, Ernstl?", erkundigte sich Maria Liliencron deshalb besorgt.

„Der Automat will nicht, wie ich will", schnaubte der Kollege. Nachdem er fünfzig Cent in die Maschine gesteckt und abermals wie wild auf deren Knöpfen herumgedrückt hatte, sagte er: „Jetzt bin ich neugierig, ob der Kaffee mit oder ohne Milch kommt."

Gespannt starrten beide Lehrer auf die kleine Ausbuchtung des Automaten, aus der jeden Moment das gewünschte oder eben ein anderes Heißgetränk fließen musste.

„Vor allem kommt er ohne Becher", sagte Maria Liliencron, indem sie auf den im Abtropfsieb versickernden hellbraunen Kaffeestrahl blickte.

„Manche Dinge ändern sich nie", sagte nun auch Ernst Braunsfelder. Er schüttelte den Kopf und lachte plötzlich. „Ist eh besser fürs Herz", verkündete er und machte sich auf den Weg in die 4b, die er jetzt in ihrer Muttersprache oder in der Muttersprache von zumindest drei Vierteln der Klasse unterrichten sollte.

Maria Liliencron sah ihm besorgt nach. Eigentlich hätte der Kollege froh sein müssen, sich überhaupt noch mit dem Kaffeeautomaten des Bad Auer Gymnasiums herumschlagen zu dürfen. Sein Posten war Ende des Wintersemesters nämlich auf der Kippe gestanden. Genau genommen war die Versetzung des Herrn Braunsfelder schon festgestanden. Zwangsversetzung, weil er der neuen Direktorin zu nahe getreten sein sollte. Was er nicht hätte tun sollen, nach eigenen Aussagen auch nicht getan hatte, aber da stand eben Aussage gegen Aussage, Mann gegen Frau, bis Frau die Handtasche warf, den Hut nahm und verschwand. Warum, weshalb, wieso wusste niemand. Na ja, fast niemand. Ernst Braunsfelder und Maria Liliencron wussten es auf jeden Fall definitiv nicht. Letztere hatte lediglich eine Vermutung. Nein, nicht in Bezug auf den Verschwindegrund der vorübergehenden, eigentlich vorüberlaufenden oder, um ganz genau zu sein, vorübergelaufenen Direktorin, sondern in Bezug auf ihren Kollegen Braunsfelder.

„Dem täte ein Besuch bei Frieda vielleicht auch nicht schlecht", dachte Maria Liliencron nämlich, als sie sich ins Lehrerzimmer begab, um dort ihre Freistunde umzubringen, das heißt: herumzubringen, wenn sie sie schon nicht zu einem Gespräch mit Alfred Kuntz nützen konnte.

Nach insgesamt fünf Stunden Unterricht, unterbrochen von besagter Freistunde, war Maria Liliencrons Arbeitstag zu Ende. Wenigstens der offizielle Teil, sprich: der geistig wie auch körperlich anstrengende Deutsch- beziehungsweise Geografieunterricht in fünf verschiedenen Klassen. Jetzt ging es nach Hause, wo die Korrektur mehr oder weniger erbaulicher Schüleraufsätze und die Vorbereitung kommender Unterrichtsstunden auf dem Programm standen. Denn die Behauptung, dass der Lehrberuf ein geruhsamer wäre, traf nur auf altersfaule oder grundsätzlich unengagierte Lehrer zu.

Maria Liliencron gehört entschieden nicht zu diesen. Sie war auch nach einigen Jahren am Bad Auer Gymnasium selbstredend, nein, redlich darum bemüht, etwaigen Verhaltenskreativitäten ihrer Schüler mit ihrerseits kreativen Unterrichtsstunden entgegenzuwirken und die Aufmerksamkeit der Jugendlichen gerade dadurch zu erhalten, dass sie selbst von ihnen lernte. Ja, richtig: Maria Liliencron lernte von ihren Schülern, was so viele Vorteile hatte, dass sie gar nicht alle hätte aufzählen können. Die beiden wichtigsten waren vielleicht, dass Frau Liliencron sogar mit Anfang dreißig noch up to date war und dass ihre Schüler darum wetteiferten, ihr Wissen preisgeben zu dürfen. Dieser Umstand machte mündliche Prüfungen zwar beinahe obsolet, ließ schriftliche Texte allerdings mitunter in die Länge schießen. Und erhöhte damit die Korrektur- und Heimarbeit, zumal das Schülerwissen eher inhaltlicher Natur war und sich nur in ganz wenigen Fällen auf die Bereiche Orthografie und Grammatik erstreckte. Hier ließen die Jugendlichen ihrer Kreativität sogar für Maria Liliencrons Geschmack zu freien Lauf.

Deren Unterrichtstag war also zu Ende. Und weil die Anwesenheitspflicht für Lehrer über den eigentlichen Unterricht hinaus am Gymnasium in Bad Au mangels geeigneter wie auch ungeeigneter Räumlichkeiten zur sicheren Aufbewahrung von Lehrpersonen außerhalb der Klassenzimmer nicht umgesetzt werden konnte, packte Maria Liliencron einen Stapel Hefte in eine Leinentasche und verließ das Konferenzzimmer. Das heißt, sie wollte das Konferenzzimmer verlassen, stolperte dabei aber im wahrsten Sinn des Wortes über ihre Kollegin Waltraud Kranzlbauer, genauer: über deren Hinterteil, das unter dem Tisch hervorragte. Die Kollegin selbst kniete auf dem Boden und war eifrig darum bemüht, einen Haufen auseinandergerutschter Blätter zu einem Stapel zusammenzuschieben, was aufgrund der Sessel- und Tischbeine, die sich ihr beziehungsweise dem Papier in den Weg stellten, ein ziemlich schwieriges Unterfangen war.

„Huch“, machte Maria Liliencron, als ihr Bein das Gesäß der Kollegin streifte, und ruderte mit den Armen. Als sie wieder sicher stand, beugte sie sich hinunter, beäugte die Kollegin, die halb unter dem Tisch hockte, und lachte dann über das ganze Gesicht. Nicht etwa, weil Waltraud Kranzlbauer solch einen lustigen Anblick bot, obwohl das auf den ersten Blick durchaus auch der Fall war. Auf den zweiten Blick war hingegen deutlich zu erkennen, dass Frau Kranzlbauer sich nicht freiwillig ins Untergeschoss verkrochen hatte, sondern eifrig darum bemüht war, die dort verstreut liegenden Zettel zusammenzusammeln. Deshalb also nicht Erheiterung und noch weniger Schadenfreude aufseiten Maria Liliencrons. Die junge Lehrerin freute sich ganz einfach, die Kollegin zu sehen. Im vergangenen Herbst waren die beiden Frauen einander nämlich nähergekommen. Nicht *nähergekommen* in einem irgendwie anrüchigen Sinn, obwohl inzwischen selbst eine sexuelle Annäherung zwischen zwei Personen des gleichen Geschlechts nichts Anrüchiges mehr war. Zumindest nicht in den Augen halbwegs vernünftiger und aufgeklärter Menschen, von denen es in Bad Au zum Glück doch ein Paar gab.

Aber deswegen musste es nicht zwangsweise auf alle Kollegen und Kolleginnen gleichen Geschlechts zutreffen. Zwischen Maria Lili-

encron und Traude Kranzlbauer beschränkte sich die gegenseitige
Zuneigung auf eine ganz normale, geradezu ordinäre Freundschaft.
Zumindest seit besagtem Herbst. Seither war Maria Liliencron ein
fröhlicher Mensch, ein richtig fröhlicher. Ob dank Frieda oder
Traude sei dahingestellt. Im Grunde war es ohnehin egal, warum
einer gute Laune hatte, solange es nicht auf Kosten eines anderen
ging.

Auf Kosten von Traude Kranzlbauer ging Maria Liliencrons La-
chen zwar nicht, dennoch schaffte es das Lachen oder auch nur
Lächeln der älteren Kollegin in dieser Situation nicht bis an die
Oberfläche, sondern blieb irgendwo unter dem Tisch stecken.

„Traude, um Gottes willen, was ist denn mit dir los?“, fragte
Maria Liliencron angesichts Frau Kranzlbauers Miene schon wieder
halb ernst, wobei sie deren Gesichtsausdruck irrtümlich mit der Be-
scherung auf dem Boden in Zusammenhang brachte. Ein bisschen
hatten die beiden Dinge tatsächlich miteinander zu tun, aber eben
nur ein bisschen, ein sehr kleines bisschen.

„Zettel zusammensuchen“, gab die Kollegin aus der Tiefe zur
Antwort.

„Wart, ich helfe dir“, bot Maria Liliencron an, stellte ihre Leinentasche ab und bückte sich zu Traude Kranzlbauer auf den Boden
hinunter.

Wider Erwarten schien das der Älteren gar nicht recht zu sein.
„Lass nur“, wehrte sie ab, „ich mach das schon.“

Und die Jüngere hatte den Eindruck, dass sie das wirklich so
meinte. „Geheimnisse?“, fragte sie scherzhaft.

„Nein, nein“, antwortete Traude Kranzlbauer, hatte aber schon
einmal überzeugender geklungen.

„Zeitungen?“, fragte die Kollegin überrascht, nachdem sie ein
paar von Traude Kranzlbauers Papieren in die Hand genommen
und einen raschen Blick darauf geworden hatte. „Kopien von alten
Zeitungen?“ Maria Liliencron wusste offensichtlich nicht, was sie
davon halten sollte.

„Ach, das ist nichts“, sagte Kollegin Kranzlbauer abwehrend
und nahm der anderen die einseitig bedruckten A4-Blätter aus der
Hand. „Nur so eine dumme Sache.“

„Dumme Sachen sind nie gut“, stellte Maria Liliencron entschieden fest.

„Damit hast du zweifellos recht, liebe Maria, und gerade deswegen sollte man ihnen nicht zu viel Bedeutung beimessen." Damit richtete sich Traude Kranzlbauer auf, stopfte sämtliche Kopien in einen Trolley, wie alte und andere praktisch veranlagte Frauen ihn zum Einkaufen benutzten, und wollte sich von der Kollegin verabschieden.

Die schien jedoch vollkommen vergessen zu haben, dass sie selbst schon auf dem Heimweg gewesen war, bevor ihre schlanken Beine Traude Kranzlbauers Hinterteil touchiert hatten. „Erzähl mir von der dummen Sache", forderte sie die Freundin/Kollegin auf.

Die, obwohl nicht mehr ganz so abwehrend, entgegnete jedoch: „Nicht heute. Ein andermal vielleicht, wenn du es dann immer noch wissen willst."

„Ich will, versprochen", antwortete Maria Liliencron.

Traude Kranzlbauer nickte stumm.

„Also, was ist das für eine dumme Sache, wegen der du gestern buchstäblich am Boden zerstört warst?", fragte Maria Liliencorn am nächsten Tag in der großen Pause und ließ sich, eine Wurstsemmel mit Essiggurkerl in der Hand, neben Traude Kranzlbauer am langen Lehrertisch nieder.

„Nicht jetzt, Maria, und nicht hier", wich die Kollegin aus. Aber es klang nicht nach Ausrede oder Ausflucht. Im Gegensatz zu gestern erweckte Frau Kranzlbauer heute durchaus den Eindruck, als wollte sie der Jüngeren wahrhaftig ihr Herz ausschütten. Nur eben nicht jetzt und vor allem nicht hier im Konferenzzimmer, wo in einem fort Lehrer ein- und ausgingen und neugierige Ohren nach Möglichkeit gerade das zu erhaschen versuchten, was ihre Träger ganz bestimmt nichts anging.

„Wie wär's nach der Arbeit im Café Sisi?" Maria Liliencron gab nicht auf.

„Nein, heute kann ich nicht, muss noch ins Stadtarchiv. Aber wenn du drauf bestehst, können wir morgen auf einen Kaffee gehen."

„Ich bestehe darauf", lächelte Maria Liliencron und biss von ihrer Wurstsemmel ab. „Morgen aber wirklich", sagte sie kauend. Da huschte sogar über Frau Kranzlbauers Gesicht ein Lächeln.

Maria Liliencron und Traude Kranzlbauer gingen auch am nächsten Tag nicht ins Café Sisi. Das lag jedoch nicht daran, dass die Ältere wieder einen Rückzieher gemacht hätte und zur Jüngeren auf Distanz gegangen wäre, eher im Gegenteil. Nach dem letzten Herbst, in dem aus den beiden Kolleginnen so etwas wie Freundinnen geworden waren, wäre es Frau Kranzlbauer ein wenig merkwürdig und quasi anachronistisch vorgekommen, mit Maria ins Kaffeehaus zu gehen. Gewissermaßen wie ein Rückschritt, nachdem man doch schon so weit gegangen war, miteinander den intimsten Raum der Traude Kranzlbauer, die Küche, zu teilen.

„Warum eigentlich ins Café Sisi?", fragte diese deshalb die Jüngere.

„Magst lieber ins Café Post oder ins Central gehen?", wunderte sich die Kollegin beziehungsweise Freundin.

„Nein, um Himmels willen, nur nicht", wehrte Traude Kranzlbauer erschrocken ab. „Kaffee kann man dort vielleicht noch trinken, aber die Mehlspeisen sind wirklich nicht gut. Dass die sich so was überhaupt anzubieten trauen." Frau Kranzlbauer schüttelte sich und die Blümchen auf ihrer Bluse gerieten in heftige Bewegung. „Nein", fuhr sie fort, „was ich vorschlagen wollte war, dass wir zu mir gehen." Und sie fügte hinzu: „Das war im Herbst doch auch immer so gemütlich."

Maria Liliencron war erleichtert, geradezu erfreut. „Aber ja, freilich, gern! Ich habe mich nur nicht einladen wollen, wo ich mich doch schon aufgedrängt habe."

„Du und aufdrängen", lachte Traude Kranzlbauer. „So anständig und zurückhaltend ist in dem Alter kaum jemand."

Maria Liliencron schluckte. Ja, anständig und zurückhaltend. Aber wo führte eine wie sie das hin? In den Himmel vielleicht, aber der war von Marias ja schon geradezu überbevölkert.

Die junge, anständige, zurückhaltende Maria Liliencron kam zum Glück aber nicht dazu, sich weiter den Kopf über diese Angelegenheit zu zerbrechen, weil Freundin Traude ihr von einem Kirschstreuselkuchen vorschwärmte, den sie am Vortag gebacken hatte. Aus tiefgekühlten Früchten, versteht sich, denn wo hätte man Ende März frische Kirschen bekommen sollen. Natürlich – oder eher unnatürlicherweise – im Supermarkt, importiert von weiß Gott woher, garantiert geschmacksneutral und ein ebenso sicherer

Beitrag zur Klimaerwärmung, gegen die Frau Kranzlbauer, die den Sommer liebte, zwar nicht unbedingt etwas einzuwenden gehabt hätte, die sie aber nicht durch den langfristig die heimischen Obstbauern schädigenden Kauf exotischer Globetrotterkirschen fördern wollte.

Kurz: Die Kirschen auf dem von ihr liebevoll nach bestem Wissen und Gewissen, vor allem aber nach einem alten Rezept gebackenen Streuselkuchen hatten ihren Weg aus dem kranzlbauerschen Garten über den Gefrierschrank bis unter die Streuseldecke gefunden. Dort ruhten sie jetzt und warteten darauf, in Maria Liliencrons Mund und Magen letzte Erfüllung zu sein. Weil danach ja nicht mehr gut von Kirschen gesprochen werden konnte, höchstens von Kirschkernen, falls man versehentlich einen solchen verschluckt hatte. Bei Traude Kranzlbauer konnte das schon mal passieren, weil die die Kirschen für ihre Kuchen nicht entkernte.

„Da gatschen sie so und das mag ich nicht", hatte sie einmal entschuldigend erklärt, als Kollege Braunsfelder sich bei einer Lehrerkonferenz, die Frau Kranzlbauer zwar nicht abzukürzen, aber immerhin zu versüßen pflegte, beinahe einen Zahn ausgebissen hatte.

Die Kombination und Alliteration von Kuchen, Kirschen, Kernen und Kaffee versüßte auch jetzt das Gespräch der beiden Kolleginnen/Freundinnen, die den Spätnachmittag in Traude Kranzlbauers gemütlicher Küche verbrachten. Frau Kranzlbauer kam nicht sofort auf die *dumme Sache* zu sprechen und Maria Liliencron ließ ihr Zeit. Je länger sie ihr Geständnis hinauszögerte, umso länger kam Maria in den Genuss, die seelische Entspannung, die sie in Traudes Küche immer erfuhr, mit einer zunehmenden Anspannung beziehungsweise Ausdehnung des Magens zu kompensieren. Gerade heute war ihr das sehr recht. Maria Liliencron verspürte großen Appetit, auch wenn ihr, das musste sie insgeheim zugeben, ein Schokoladenkuchen noch lieber gewesen wäre. Mit viel Glasur obendrauf. In Kuchengenüssen und -fantasien schwelgend, vergaß Maria Liliencron ganz auf die Zeit. Ein Leiden oder eigentlich ein Segen, das beziehungsweise den sie in den vergangenen Wochen – oder waren es Monate? – regelmäßig an sich festgestellt hatte.

Auch Traude Kranzlbauer ließ sich, ihr und ihnen beiden Zeit. Sie, die die Dinge sonst immer beim Namen nannte, wusste nun nicht, wie sie beginnen sollte. Sie warf einen Seitenblick auf die junge Kollegin, die schon das zweite Stück Kuchen verspeiste. Der Altersunterschied machte es Frau Kranzlbauer nicht unbedingt leichter, den Einstieg zu finden. Obwohl Maria Liliencron mit ihren einunddreißig, zweiunddreißig Jahren eigentlich keine Rivalin war, überlegte sie. Vor allem aber zählte sie als Deutsch- und Geografielehrerin nicht zur unmittelbaren Konkurrenz. Denn hier, das muss ganz klar gesagt werden, ging es nicht um einen Mann. Und wenn doch, dann nur um den Herrn Landesschulrat, dessen Geschlecht nur zufällig beziehungsweise qualifikationsbedingt männlich war und hinter dem Amt zurückstand. Es war daher weder sexuell begründete Eifersucht noch Penisneid, was Waltraud Kranzlbauer an-, um- und in letzter Konsequenz unter Tische trieb, sondern höchstens Titelneid. Und dieser bezog sich nicht auf den Herrn Landesschulrat, sondern auf jüngere, besser qualifizierte Kollegen, gleich welchen Geschlechts.

Bevor Maria Liliencron sich ein drittes Stück Kirschkuchen auf den Teller laden konnte, fasste sich Traude Kranzlbauer ein Herz. „Die dumme Sache, die ich gestern angedeutet habe, liebe Maria, ist die, dass mir ein Titel fehlt", begann sie endlich das Gespräch oder jedenfalls dessen ernsten Teil, der über oberflächliches, gleichwohl freundschaftliches Geplänkel hinausging.

Maria Liliencron verschluckte um ein Haar einen Kern. Sie hustete und Freundin Traude musste ihr auf den Rücken klopfen, damit sie den Fremdkörper wieder aus der falschen Kehle bekam.

„Bitte was?", keuchte Maria Liliencron und rang noch ein bisschen nach Luft. „Wie kann das denn sein? Du hast doch studiert."

„Natürlich habe ich studiert ...", erwiderte Traude Kranzlbauer.

„Und du hast dein Studium abgeschlossen?"

„Ja, sicher, nur ..."

„Sag mir jetzt nicht, dass sie dich beim Plagiat erwischt haben", rief Maria Liliencron ungläubig aus.

„Spinnst?!", fragte Kollegin Kranzlbauer verärgert. „Das mit *anständig* und *zurückhaltend* nehme ich zurück."

„Entschuldige bitte", murmelte Freundin Maria plötzlich ganz kleinlaut. „Ich hätte wissen müssen, dass du nicht abgeschrieben hast. Es ist nur, man hört das in letzter Zeit so oft ... bei wichtigen Politikern und so ..."

„Schau ich aus wie ein Spitzenpolitiker?", fragte Traude

Kranzlbauer unwirsch und deutete auf ihre Blümchenbluse über dem ausladenden Busen.

Die jüngere Frau schüttelte erschrocken den Kopf. „Aber was ist dann passiert?", wollte sie wissen.

„Ich habe meinen Abschluss in Französisch und Ernährungswissenschaft gemacht, die damals noch Ernährungskunde geheißen hat", sagte sie zögernd.

„Aber du unterrichtest doch hauptsächlich Geschichte", fiel die andere ihr verwundert ins Wort. „Und nur ein paar Stunden Französisch."

„Eben", meinte Traude Kranzlbauer in einem Tonfall, als wäre damit alles gesagt.

Die Freundin/Kollegin begriff jedoch gar nichts, hatte Kuchen, Kirschen und Co komplett vergessen und starrte die Ältere verständnislos an. Diese musste sich näher erklären, musste vor allem erläutern, dass sie damals, vor mehr als dreißig Jahren, die falsche Studienwahl getroffen hatte. Nur hatte sie nach drei Semestern nicht mehr wechseln können, weil es für sie dann keine finanzielle Unterstützung mehr gegeben hätte.

„Und Geschichte?", fragte Maria Liliencron verwirrt.

„Da habe ich eigentlich nur hineinschnuppern wollen ... Ich habe dann zwar eine gute Nase davon genommen, aber für noch ein Studium hätten Zeit und Geld nicht gereicht", antwortete Traude Kranzlbauer.

„Und deine Abschlussarbeit?"

„Habe ich in Französisch geschrieben. Über Kochbücher", fügte Frau Kranzlbauer hinzu.

„Naheliegend", meinte Kollegin Liliencron. „Aber wieso hast du dann nicht Ernährungskunde unterrichtet – an einer anderen Schule?"

„Weil ich schon während des Studiums gemerkt habe, dass mir das auf den Magen schlägt. Oder aufs Gemüt, wie du willst. Dass ich dabei jedenfalls die Lust am Backen verliere", gestand Traude Kranzlbauer. „Da musste ich Prioritäten setzen."

„Versteht sich", pflichtete Maria Liliencron ihr bei und langte nun doch nach einem dritten Stück Kirschstreuselkuchen. „Aber wie konntest du dann bei uns am Gymnasium Geschichte unterrichten?", fragte sie interessiert.

„Hat sich so ergeben", meinte Frau Kranzlbauer, „einer ist unter dem Semester verunglückt und auf die Schnelle haben sie keinen Ersatz gefunden. Und ich war froh über die Mehrstunden. Du weißt ja, wie das ist."

Maria Liliencron wiegte den Kopf hin und her.

„Dabei ist es geblieben", fuhr Traude Kranzlbauer fort. „Niemand hat nachgefragt und irgendwann war's dann fast schon Gewohnheitsrecht. Das Französische ist immer weniger geworden, aber die Geschichte wird immer mehr, je länger es die Menschheit gibt." Sie lachte, doch es klang gezwungen. „Nur kommen jetzt die ganzen Junglehrer, frisch von der Uni, supermotiviert und mit allen notwendigen und noch ein paar mehr Titeln. Da hat mir die Glaunigg-Althoff die Hölle heißgemacht."

„Aber die ist doch jetzt eh weg", warf Maria Liliencron ein.

„Schon", meinte Traude Kranzlbauer, „aber den Landesschulrat hat sie trotzdem noch auf meinen Fall hingewiesen. Und wenn der Stein einmal ins Rollen gekommen ist, kannst ihn nicht mehr aufhalten."

„Und was machst du jetzt?", fragte Maria Liliencron besorgt.

„Geschichte studieren", seufzte Traude Kranzlbauer.

„Was, in deinem Alter?", platzte die Jüngere heraus.

„Danke, liebe Maria, das wäre nicht unbedingt notwendig gewesen. Du hast heute offenbar deinen charmanten Tag." Frau Kranzlbauer lächelte nachsichtig und fuhr dann wieder ernst fort: „Ja, in meinem Alter. Dabei bin ich gar nicht die Älteste. Du glaubst nicht, wie viele Alte Geschichte studieren. Nur sind die meisten Pensionisten, die jetzt endlich die Zeit dafür haben, sich mit dem zu beschäftigen, was sie interessiert. Ich brauche es, damit ich meinen Beruf weiter ausüben darf. Aber", lenkte sie ein, „ich kann mir fast alles anrechnen lassen. Nur so eine Masterarbeit muss ich noch schreiben."

Maria Liliencron ging ein Licht auf. „Deshalb die alten Zeitungen", rief sie aus.

„Ja", gab Traude Kranzlbauer zu, „das heißt ... eigentlich ist da noch etwas anderes."

Maria Liliencron hielt in der Bewegung inne, die Kuchengabel stoppte auf ihrem Weg zum Mund und der Blick war erwartungsvoll auf Freundin Traude gerichtet, die wieder einmal nach dem richtigen Anfang der Fortsetzung suchte, den Absprung aber noch nicht schaffte und irgendwo an der Klippe hängen geblieben zu sein schien.

„Also", sagte sie nach diesem Moment gespannter Erwartung aufseiten ihrer Zuhörerin und begann erst einmal mit dem Einfachen, den Fakten. „Für meine Masterarbeit habe ich mir etwas Naheliegendes gesucht, nämlich örtlich nahe, weil ich nach dem Unterricht nicht auch noch weiß Gott wohin fahren will, um irgendein verstaubtes Archiv zu durchforsten. Deshalb bin ich auf das Stadtarchiv von Bad Au gekommen. Obwohl, wenn ich es mir recht überlege, ist das auch ganz schön verstaubt."

Sie verzog das Gesicht, was Maria Liliencron darauf schließen ließ, dass sie *verstaubt* nicht nur im übertragenen Sinne meinte.

„Jedenfalls bin ich dort auf eine einzelne Ausgabe der *Pförringer Wochenpost* gestoßen. Die hat jemand mit einem handschriftlichen Vermerk zwischen die Ausgaben unserer Lokalzeitung gesteckt." Traude Kranzlbauer griff nach ihrer Kaffeetasse, die bisher unberührt neben ihrem Kuchenteller gestanden war. Beide waren leer.

„Entschuldige bitte, wie unhöflich von mir", sagte Maria Liliencron betreten, legte ihre mit einem Stückchen Kirschkuchen gespickte Gabel zurück auf ihren Teller und beeilte sich, Freundin Traude ein besonders großes Stück von deren eigenem Kuchen zu kredenzen.

„Lass nur, ich bin ja die Gastgeberin", wandte diese ein. „Und eine ziemlich schlechte, wie ich sehe, wenn sich der Gast selbst bedienen muss."

„Selbst bedient hat", präzisierte Maria Liliencron, als sie das Kuchenstück auf Traude Kranzlbauers Teller absetzte. „Ich habe heute offensichtlich wirklich nicht meinen anständigen und zurückhaltenden Tag." Sie lächelte die Freundin/Kollegin entschuldigend an.

„Ich bitte dich", gab die zurück, während sie sich Kaffee einschenkte. „Ich freue mich doch, wenn es dir schmeckt."

Damit war diese Sache erledigt und das Gespräch konnte zum eigentlichen Thema zurückkehren. Um zu demonstrieren, dass sie selbst ohne Anstand und Zurückhaltung keine schlechte Zuhörerin war, fragte Maria Liliencron: „Was stand denn drin in der *Pförringer Wochenpost?*"

„Viel stand drin, war ja eine Wochenzeitung und im Laufe einer

Woche kann man als Journalist schon eine Menge zusammentragen, worüber sich die Leser in der Folge das Maul zerreißen."

„So schlimm?", fragte Maria Liliencron zweifelnd.

„Kennst du die *Neue Pförringer Wochenpost*?", fragte Traude Kranzlbauer zurück.

„Ja", gab die andere zu, „ich habe sie hin und wieder durchgeblättert, wenn ich in Pförring beim Gynäkologen war. Ist aber schon eine Weile her", fügte sie hinzu.

„Hat sich in den letzten Jahren nicht wesentlich gebessert", meinte Traude Kranzlbauer und war zugleich hellhörig geworden. „Wieso in Pförring?", wollte sie neugierig wissen. „Ist das nicht ein bisserl weit? Wir haben in Bad Au doch auch einen Frauenarzt. Sogar zwei, wenn ich mich nicht irre."

„Drei", berichtigte Maria Liliencron, „sogar damals schon, obwohl seither Müllner junior den Senior abgelöst hat."

„Und der Senior war dir ... unsympathisch?", mutmaßte Traude Kranzlbauer.

„Nicht direkt", meinte die Freundin/Kollegin, „aber vor zwölf oder dreizehn Jahren wäre es mir unangenehm gewesen, wenn mich die Leute dort jeden Monat hätten hingehen sehen. Auch wenn der Bauch spätestens ab dem sechsten Monat eh nicht mehr zu übersehen war."

„Die ersten drei Monate erbrechen und die letzten drei kugeln oder so ähnlich", sagte Traude Kranzlbauer, die derlei Probleme zu ihrem Bedauern nie am eigenen Leib erfahren hatte. Zumindest das Erbrechen nicht. Oder jedenfalls nicht das Erbrechen aufgrund einer Schwangerschaft.

„Nicht wirklich", widersprach die Jüngere. „Schlecht ist mir eigentlich erst später geworden, als ich schon geglaubt habe, dass mir wenigstens das erspart bleibt. So im fünften, sechsten Monat. Angefangen hat's ziemlich harmlos. Ich war nur unheimlich verfressen." Sie kicherte in Erinnerung an diese lang vergangene Zeit.

„Ach so, verstehe", nickte Traude Kranzlbauer. Der Versuch, sich vertraut zu geben, war gescheitert. Sie überlegte kurz. „Richtig", erinnerte sie sich wieder an den Punkt, an dem sie stehen geblieben war beziehungsweise sich von Freundin Maria vom rechten Weg hatte abbringen lassen. „Die *Pförringer Wochenpost* war um keinen Deut besser als die jetzige *Neue Pförringer Wochenpost*. Vielleicht sogar noch schlimmer, woran du siehst, dass früher nicht alles besser war. Auch die Menschen nicht. In jener Ausgabe der Zeitung war nämlich – und ich glaube, darum ging es demjenigen, der sie zu den Bad Auer Zeitungen gesteckt hat, weil ein Vermerk auf der Seite stand und dort alles andere ziemlich uninteressant war, also zumindest für mein Empfinden, was natürlich ...“

„Herrje, Traude, was stand dort?“

„Na ja, da war so eine Geschichte über eine Frau. Der Titel lautete: *Schwarze Witwe oder Rachegöttin?* Sie, also die Frau, hat anscheinend auf mysteriöse Weise ihren zweiten Ehemann verloren.“

„Wieso *mysteriös?*“

„Weil er sich mit der eigenen Dienstwaffe – er war Polizist – erschossen haben soll.“

„Absichtlich?“, wollte Maria Liliencron wissen.

„Genau darum geht's in dem Artikel. Angeblich war's ein Unfall, was die Polizei aber nur gesagt haben soll, weil einer aus den eigenen Reihen nicht Selbstmord begehen darf.“

„Und andere dürfen?“

„Wie? Nein, niemand darf Selbstmord begehen, obwohl es kein Gesetz dagegen gibt. Noch nicht, wer weiß, wo das alles noch hinführt mit der totalen Überwachung.“ Traude Kranzlbauer schüttelte missbilligend den Kopf.

„Es gab also Anzeichen dafür, dass der zweite Ehemann der guten Frau Selbstmord begangen hat. Wobei mir auf- und einfällt: Was ist mit dem ersten passiert?“

„Selbstmord“, antwortete Traude Kranzlbauer.

„Hat ihm das jemand erlaubt?“, konnte Maria Liliencron sich nicht verkneifen zu fragen.

„Maria, ich bitte dich, mach dich über solche Sachen nicht lustig. Zwei Selbstmorde bei zwei Ehemännern ist nichts, was man einer Frau wünscht“, erklärte Traude Kranzlbauer und ließ offen, ob nur die Suizide oder auch die Ehemänner den Grund ihres Mitleids darstellten.

„Das kommt auf die Ehemänner an“, sinnierte Maria Liliencron, die sich offenbar eine ähnliche Frage stellte. Sie dachte an Diana Martin, die am Bad Auer Gymnasium gemeinsam mit zwei Kolleginnen für die Sauberkeit des Schulgebäudes zuständig war. Was noch nichts mit einem oder gar zwei Ehemännern zu tun, aber über Umwege dazu geführt hatte, dass sie Maria Liliencron in einer schwachen Stunde und bei starkem Kaffee gewisse Andeutungen bezüglich ihrer alles andere als glücklichen Ehe gemacht hatte.

„So etwas Ähnliches haben die in der Zeitung auch geschrieben", fuhr Traude Kranzlbauer trotz der Unkenntnis von Dianas Lebensgeschichte fort. „Dass die gute Frau vielleicht gar nicht so unglücklich darüber war, weil zumindest der zweite Ehemann einen Hang zur Gewalt gehabt haben soll. Nicht nur von Berufs wegen."

„Anscheinend, angeblich, haben soll – das ist mir irgendwie alles zu vage", wandte Maria Liliencron ein. „Wieso interessiert dich das überhaupt?"

„Weil es doch einen Grund geben muss, warum jemand diese Ausgabe einer ortsfremden Wochenzeitung im Stadtarchiv von Bad Au aufbewahrt wissen will."

„Zufall, Spleen, Schlamperei", tat Maria Liliencron die Sache, die sie für die eigentlich *dumme* zu halten schien, ab. „Außerdem ist Pförring Bezirkshauptstadt, was dort passiert, interessiert die kleineren Gemeinden immer, weil sich in ihnen halt nichts Nennenswertes tut." Dann nahm ihre Stimme einen scherzhaften Tonfall an. „Was mich aber wirklich interessieren würde: Ob ich womöglich noch ein Stückchen von deinem köstlichen Kirschkuchen bekommen könnte?" Sie lachte und die vorübergehende Spannung zwischen den beiden Frauen löste sich in Wohlgeschmack auf.

„Selbstverständlich", beeilte sich Traude Kranzlbauer zu sagen und fügte mit einem Augenzwinkern hinzu: „Schön, dass du so einen gesunden Appetit entwickelt hast. Musst nur ein bisserl auf deine Figur schauen."

Maria Liliencron wich das Blut aus dem Gesicht. Sie schlug sich die Hand vor den Mund und hustete.

„Meine Güte, Maria, hast du schon wieder einen Kern verschluckt? Du weißt doch, dass ich die gatscherten entkernten Kirschen nicht leiden kann." Traude Kranzlbauer war aufgesprungen und hinter Maria Liliencron getreten, der sie jetzt kräftig auf den Rücken schlug.

Das Husten verstummte. Die Jüngere wischte sich eine Träne aus dem Gesicht und schniefte.

„Da, ein Taschentuch." Frau Kranzlbauer reichte der Freundin ein Täschchen aus geblümtem Stoff. Maria Liliencron zog dankbar ein Papiertaschentuch heraus und putzte sich geräuschvoll die Nase. „Vielleicht sollte ich die Kirschen das nächste Mal doch …“, überlegte Traude Kranzlbauer.

„Nein, nein“, beeilte sich Maria Liliencron zu sagen, „es war allein meine Schuld. Aber das kommt wieder in Ordnung.“ Sie schnäuzte sich noch einmal, schob den leeren Kuchenteller von sich und bat: „Lass uns nur bitte von etwas anderem sprechen. Eine *schwarze Witwe* ist nicht unbedingt das beste Thema für einen angenehmen Nachmittagsplausch unter Freundinnen.“

Und so unterhielten sich die beiden Frauen während der folgenden eineinhalb Stunden über angenehmere Dinge, die da wären: die Last des Unterrichts, die Verhaltenskreativität gewisser Schüler, die um nichts hinter der gewisser Lehrer zurückstand, und die Freude darüber, wenigstens vorübergehend einen so sympathischen Mann aus dem Kollegenkreis als Direktor zu haben.

Geständnisse

Maria am Anger stand im Licht der Aprilsonne. Auf die Idee zu behaupten, sie hätte diese oder eine andere Sonne oder überhaupt irgendetwas genossen, würde nicht einmal der am poetischsten veranlagte Romanschreiber kommen. Was selbstverständlich an der Stellung des Verbs lag. Weil dessen Position hinter dem Anger Maria jede Persönlichkeit oder jedenfalls jede Menschlichkeit, ja, jede Lebendigkeit im Allgemeinen und darum auch jede Genussfähigkeit nahm. Mit anderen Worten: Maria am Anger war keine Person, weil sie als solche nur am Anger hätte stehen können. Sie stand aber in der starken, gleichwohl noch nicht richtig warmen Aprilsonne. Hinter Maria stand wiederum am Anger, nicht das Verb. Und da am Anger keine Herkunftsbezeichnung war und damit nicht auf eine etwaige Adligkeit Marias hindeutete, sondern vielmehr Ortsbezeichnung war, konnte es sich bei Maria am Anger fast nur um eine Kirche handeln. Nicht Adligkeit also, sondern Heiligkeit, was nur in seltenen Fällen zusammenging. Und heutzutage bekanntlich gar nicht mehr.

Maria am Anger war die Pfarrkirche von Bad Au. Rund um sie herum stand, nein, lag ein kleiner Friedhof, standen die Grabsteine und lagen die Toten. Freilich nicht alle toten Bad Auer, dafür wäre der Friedhof selbst in den guten alten Zeiten, als noch keine Verkehrsunfälle und derlei Sachen die Menschen das Leben gekostet hatten, zu klein gewesen. Wirklich alle Toten aus dem Ort waren hier nur in den ganz alten Zeiten beerdigt worden, die aber keine guten gewesen waren, weil finster. Finsteres Mittelalter und so. Aber eben auch christliches Mittelalter, das besonders gegen Ende hin einen schier unglaublichen Marienkult entwickelte. Aus dieser Zeit stammte Maria am Anger oder zumindest deren Fundamente und die ältesten gotischen Mauerteile. Der Rest kam später, obwohl gerade noch rechtzeitig, nämlich vor der Entdeckung der Thermalquelle und damit vor dem Reichtum des Marktfleckens, der dank diesem schnell zur Stadt aufgestiegen war.

Warum der späte Reichtum beziehungsweise die Späte des Reichtums für die Kirche Maria am Anger von Vorteil war? Weil das Kirchlein mangels Geldes und Goldes zu Zeiten der Gegenreformation nicht mit barockem Kitsch überladen werden konnte. Stattdessen wurde der während der Türkenkriege arg beschädigte Turm nach Jahrzehnten des Verfalls in sehr nüchterner Form wiederaufgebaut. Allerdings soll der Legende nach beim ersten Schlag der neuen Glocke in etwa dreihundert Metern Entfernung die Thermalquelle entsprungen sein. Da lag das Barock schon in den letzten Zügen.

Außer den Bad Auern aus der ganz alten Zeit, die noch keine gute gewesen und in der daher von Bad Au keine Rede gewesen war, weil der Marktflecken noch nicht zum Kurort, geschweige denn zur Kurstadt aufgestiegen war, weshalb korrekterweise nicht von den toten Bad Auern, sondern von den toten Angerern gesprochen werden müsste – außer diesen jedenfalls lagen hier aus Platzgründen, und weil sich so ein Friedhof an einem leicht erhöhten Punkt mitten in der Stadt auch grundwassertechnisch nicht so gut machte, nur die Mitglieder von ein paar weniger guten, das heißt angesehenen und alteingesessenen Familien. Und wer halt sonst noch bereit gewesen war, zu Lebzeiten für eine Wohnstatt *post mortem* fast so viel hinzublättern wie ... Aber lassen wir das. Wer auf dem Friedhof rund um Maria am Anger ruhte, konnte sich wenigstens nach seinem Tode der Aufmerksamkeit seiner Mitmenschen beziehungsweise Nachwelt sicher sein. Zumindest solange diese Nachwelt den Brauch des sonntäglichen Kirchgangs pflegte.

Heute aber war Dienstag und Maria stand ziemlich alleine in der Aprilsonne. *Ziemlich* bedeutete aber nicht *ganz*, denn da war noch Alois Hirschhauser.

„Ich sollte am Grab meiner Frau stehen", dachte dieser und ein Schatten huschte über sein Gesicht. Und dann: „Aber das tue ich doch."

Mit Frau Hirschhauser, die es eine gewisse Zeit lang in seinem Leben gegeben hatte, war er vor den Traualtar getreten, hatte sie ins Krankenhaus begleitet, war an ihrem Bett gesessen und hatte ihre Hand gehalten. Nicht bei der Geburt des Sohnes, der zum angeblichen Leidwesen der Eltern der einzige geblieben war. Das war damals noch nicht üblich gewesen. Da hatte man die Männer aus dem Kreißsaal verbannt, hatte sie später erst vor vollendete Tatsachen gestellt, nämlich vor die schlecht geputzte Scheibe der Säuglingsstation, hinter der ein fest in Windeln gewickelter Wurm in die Höhe gehalten worden war, über dessen frappierende Ähnlichkeit mit sich selbst der Vater entzückt sein sollte. Die korrekte Wiedergabe des Plusquamperfekts erspare man sich angesichts der Umstände.

Nein, damals hatte er sie nicht ins Krankenhaus begleitet, jedenfalls nicht bis ins Krankenzimmer, das auch gar kein solches gewesen war, weil es sich im Grunde genommen weder bei einer Schwangerschaft noch bei einer Geburt um eine Krankheit handelte. Durch Viren oder Bakterien ausgelöst und durch Medikamente mehr schlecht als recht behandelbar. Andererseits – nach Unfällen kamen die Menschen auch ins Krankenhaus. So gesehen hatte das Massaker einer Geburt vielleicht doch etwas mit einer Krankheit als einem Zustand, den es zu beheben galt, gemein.

Aber das war Herrn Hirschhausers Sorge nicht gewesen. Die Frau gepeinigt, doch gesund. Der Wurm gebadet und gestillt. Da war so weit alles in Ordnung gewesen. Die Ordnung wurde erst ein paar Jahre später gestört. Nein, nicht, dass man glaube, der zuckersüße, glatzköpfige und rotgesichtige Sohnemann wäre in die Pubertät gekommen. Sicherlich, das auch, das ließ sich mit legalen Mitteln gewissermaßen nicht verhindern, aber so etwas ging vorbei, so wenig manch geplagter Elternteil mitten im hormonellen Chaos des bis dahin so hoffnungsvollen Nachwuchses auch an die Absehbarkeit des Endes glauben konnte. Das heißt, vorbeigegangen war auch Frau Hirschhausers zweiter Krankenhausaufenthalt, der diesmal tatsächlich krankheitsbedingt gewesen war. Nur war halt danach nichts mehr gekommen. Außer dem Leichenwagen zur Prosektur, von wo er weiter zur Aufbahrungshalle des Bad Auer Friedhofs gefahren war. Mit den sterblichen Überresten, die schon seit vier Tagen so tot gewesen waren, dass von sterblich eigentlich keine Rede mehr hatte sein können. Menschen waren sterblich. Aber Tote?

Zu lieben, zu achten und zu ehren hatte er einmal versprochen und die Knie waren ihm weich gewesen dabei. Das Trauen hatte er anderen überlassen. Seiner Braut, die den Mut aufgebracht hatte, diesen Friseur zum Mann zu nehmen, der die Menschen mit seinem Wesen auf Abstand hielt, wie er es bei den Kunden mit seinen Händen tat, wenn er ihnen nur scheinbar, obwohl spürbar nahe kam, tatsächlich aber selbst die Grenzen bestimmte, bis zu denen sie ihm und seinen geschickten Händen entgegenkommen durften. Und dem alten Pater Johannes, der die Befugnis mitgebracht hatte, die beiden jungen Leute im Bund der Ehe zu vereinen. Und er, also Herr Alois, hatte sie denn auch geachtet und geehrt, sie, die frisch gebackene Frau Hirschhauser. Während all der Jahre. Auch als die Krankheit die einstige Frische ausgedörrt und aufgezehrt hatte. Er hatte sie begleitet, auf ihrem Lebensweg genauso wie auf ihrem Weg in diese andere, vielleicht bessere Welt hinüber. Na, nicht bis ganz hinüber. Obwohl ihm schon ein bisschen danach gewesen wäre. Weil der Mensch halt nachdenklich wurde, wenn der Tod eine Ehe zu scheiden drohte, die man nur auf fremdes Betreiben hin eingegangen war. Irgendwo wollte man ja doch selbst entscheiden. Aber keine Entscheidung Alois Hirschhausers, kein Dem-Tod-auf-die-Schippe-Springen, um den angetrauten Menschen selbst dann nicht verlassen zu müssen. Vielmehr ein Scheiden oder Hinscheiden seiner Frau, der er ein guter Ehemann gewesen war. Sie achtend und ehrend. Und liebend eine andere.

Hildegard Binsen stand auf dem Grabstein. Was im Übrigen die Notwendigkeit der Kursivsetzung klar vor Augen führt, weil alles andere widernatürlich gewesen wäre.

„Ihre Frau?", fragte eine mitfühlende Stimme neben Herrn Hirschhausers rechtem Ohr.

Der Teufel mit den drei goldenen Haaren wäre ein Lämmchen dagegen gewesen. Was da nämlich beinahe in Alois Hirschhausers Augen stach, als er den Kopf erschrocken nach rechts wandte, ging über das Leuchten dreier glänzender Härchen weit hinaus, hatte, bei aller Liebe, mehr Ähnlichkeit mit dem Höllenfeuer. Weil Mitzi Calloni nämlich, um einen neuen Lebensabschnitt einzuläuten, den Gang zum Friseur nicht gescheut hatte. Weshalb ihre bislang violette Dauerwelle jetzt in frischem Orange von ihrem Kopf abstand und in Herrn Hirschhausers Augen stach. Das milderten auch die verführerisch sanft durch die kühle Aprilluft gehauchten Worte nicht ab.

„Schlecht gefärbt", war der erste verbal fassbare Gedanke, der durch Alois Hirschhausers Kopf ging, nachdem sich das friedhöfliche Schreckgespenst als ältere Dame aus Fleisch und Blut herausgestellt hatte. Oder als Frau mit Haut und Haar, obwohl die Haut in diesem Fall gegenüber dem Haar verblasste und geradezu farblos erschien. Dennoch oder gerade deswegen bezog sich Alois Hirschhausers Urteil auf das Haar der dämlichen, nein, menschlichen, keinesfalls jedoch herrlichen Erscheinung, weil etwas Farbloses ja nicht schlecht, sondern gar nicht gefärbt war. Und schlecht gefärbt deshalb, weil die Schatten auf Mitzi Callonis Haupt in Herrn Hirschhausers Augen nicht gewollt sein konnten, sondern das Werk eines stümperhaften Friseurs sein mussten. Oder das Ergebnis qualitativ minderwertiger Farbe.

„Vielleicht ist das diese Hennenfarbe", überlegte Alois Hirschhauser weiter. Diese hatte gegen Ende seiner beruflich aktiven Zeit ihren Weg nach Mitteleuropa gefunden. Freilich nicht in die Frisiersalons, weil nur sehr alternativ eingestellte Menschen Hühnern gleich gefärbt sein wollten, jedoch nur selten einen Friseur aufsuchten, sondern lieber selbst Hand an sich legten, was selten zu einem wirklich befriedigenden Ergebnis führte.

Obwohl hier nicht in allen seinen Windungen und Wendungen wiedergegeben, war dies unverkennbar ein sehr langer Gedanke des Herrn Hirschhauser. Und weil Gedanke, natürlich auch stumm. Was Mitzi Calloni aufgrund des Ausbleibens einer Richtigstellung in dem Glauben hätte lassen können, dass der Mann, den sie vor dem binsenschen Grab angesprochen hatte, tatsächlich der Witwer besagter, nein, beschriebener Hildegard war. Allein, die Witwe Calloni wusste, um wen es sich bei ihrem Gegenüber oder, richtiger, Nebenmann handelte. Oder glaubte es zu wissen, weil Herr Hirschhauser und Frau Binsen, Pardon, Frau Doktor Binsen im Café Sisi und damit in Bad Au keine ganz Unbekannten waren. Außerdem stand *Hildegard Binsen* nicht allein auf dem Grabstein, sondern unter *Kurt Binsen*, dessen Sterbedatum allerdings schon eine Weile zurücklag. So lange, dass sich theoretisch und sogar praktisch eine Wiederverheiratung der Witwe Binsen ausgegangen wäre. Nur warum dann der Name? Also, nicht *Hildegard*, sondern *Binsen*.

Mitzi Calloni beschloss, der Sache auf den Grund zu gehen, indem sie so lange weiterredete, bis sie entweder Zustimmung oder

Widerspruch hervorrief. „Das ist schlimm, wenn einen der Partner frühzeitig verlässt", fuhr sie daher fort. „Ich weiß bei Gott, wovon ich spreche." Sie seufzte bedauernd, wobei offen blieb, ob sich das Bedauern auf die eigene Person oder auf Herrn Hirschhauser bezog.

Dieser starrte noch immer auf die Haarpracht von Mitzi Calloni. Das Gesicht interessierte ihn nicht halb so brennend. Was mit ein Grund dafür war, dass er sich nicht daran erinnern konnte, diese Frau schon einmal gesehen zu haben. Das und die Tatsache, dass er im Café Sisi und auch anderswo – dort aber ganz besonders, weil er bis zu ihrem Tod nie ohne sie in dem Kaffeehaus gewesen war –, immer nur Augen für Hildegard Binsen gehabt hatte.

„Mein Beileid, Herr Binsen", wagte Mitzi Calloni den nächsten Vorstoß, mehr oder weniger sicher, damit eine Richtigstellung des Herrn Hirschhauser zu erzwingen und das Gespräch in Gang zu halten oder vielmehr erst einmal in selben zu bringen.

Doch entweder hatte der Herr nicht gut zugehört oder er stand zu der kürzlich Verstorbenen doch in einem anderen Verhältnis, als Mitzi Calloni gedacht hatte. Jedenfalls sagte er, den Blick nun doch auf das Gesicht unter dem flammenden Inferno gerichtet, schlicht: „Danke."

Das war nicht unbedingt das, was Mitzi Calloni hatte hören wollen, obwohl sich nicht wenige Menschen, besonders Frauen, angesichts oder eigentlich angehörs dieses Wörtchens hätten glücklich schätzen können. Frau Calloni hingegen schätzte es ganz und gar nicht, so lapidar bedankt zu werden. Weil rasch aufzugeben allerdings nicht zu ihren Schwächen zählte, begleitete sie Herrn Hirschhauser, den sie, dem Gehtempo angemessen, langsam für Herrn Binsen zu halten geneigt war, zurück zum Friedhofstor, wobei sie ihm auf halber Strecke ihren Arm unterschob, sich also bei ihm einhängte. Oder es jedenfalls versuchte. So richtig klappte das Vorhaben nämlich nicht, insofern Mitzi Calloni zwar an Alois Hirschhausers rechtem Arm hing, dieser, also der Arm, aber wenig bis gar keine Reaktion zeigte und seinerseits eher schlaff herunterhing.

„Mit den Witwern von heute ist auch nichts Rechtes mehr anzufangen", dachte Mitzi Calloni ärgerlich, wollte sich jedoch noch immer nicht geschlagen geben.

„Sie müssen wissen", sagte sie zu Herrn Hirschhauser, der sich fragte, warum er was auch immer wissen musste. Doch da war er bei der falschen Instanz, weil höchstens Mitzi Calloni wusste, was und vor allem warum er es wissen musste.

„Sie müssen wissen“, versuchte sie also etwas krampfhaft, das Gespräch fortzuführen, „dass mein seliger Mann – da oben ruht er“, unterbrach sie sich und deutete mit der Rechten, nein, nicht gen Himmel, sondern ein wenig den Hügel hinauf, wo die Ehrengräber der Stadt beziehungsweise ihrer ehemaligen Bewohner zu finden waren. „Sie müssen wissen, dass mein seliger Mann“, begann sie noch einmal von vorne, „mein Ein und Alles war.“

Das mutete ein bisschen theatralisch an, aber irgendwie war das diese ganze Szene auf dem Friedhof. Nachspiel nach dem letzten Akt. Trauernde Witwe sucht einsamen Witwer, geteiltes Leid ist halbes Leid. Oder so ähnlich.

„Aber, Herr Binsen“, Mitzi Calloni nahm an Herrn Hirschhausers Seite wieder Haltung an, „das Leben geht weiter. Ihre geliebte Frau Gemahlin hätte bestimmt nicht gewollt, dass Sie den Rest Ihres Lebens Trübsal blasen.“

„Nein“, dachte Alois Hirschhauser, „das hätte sie bei Gott nicht gewollt.“ Aber dass er den Rest seines Lebens mit Hildegard Binsen verbrachte, auch nicht. Weil Frauen ja doch ein recht gutes Gespür dafür haben, wenn sie im Leben ihres Angetrauten nicht unbedingt die erste Geige spielen. Daran änderte auch nichts, dass Herr Hirschhauser mit Hildegard Binsen nur den Rest ihres, nicht seines Lebens verbracht hatte.

„Mein seliger Mann, sage ich, war mein Ein und Alles“, wiederholte Mitzi Calloni diesen Satz. Doppelt hielt besser. Und dreifach am allerbesten, wobei die Frau mit dem flammenden Haar es tunlichst unterließ, von der Dreizahl ihrer Ehemänner zu sprechen, selig hin oder her.

„Was war Ihr Gatte denn von Beruf?“, fragte Alois Hirschhauser. Nicht, weil er es unbedingt wissen wollte oder nach Ansicht dieser Frau wissen musste, denn sonst hätte die es ihm ja von sich aus verraten. Aber Herr Hirschhauser war ein höflicher Mensch und als solcher darum bemüht, seine Gesprächspartnerin nicht ganz in der Luft hängen zu lassen, sondern ein gewisses Interesse an ihr zu zeigen. Oder wenigstens an ihrem Ehemann oder, Minimalkonsens, am Beruf ihres verstorbenen Ehemannes.

„Er war … Operettensänger“, entschied Mitzi Calloni nach einem

Moment des Zögerns. Grund für diese Entscheidung der Mitzi, nicht des Federico Calloni, war der Glamour, der einem Operettensänger im Gegensatz zu einem Bankangestellten oder einem Polizisten anhaftete. Obwohl ein Bankangestellter besser verdiente und ein Polizist eine sicherere Anstellung hatte, wenn man den möglichen Einsatz von Schusswaffen, eigener genauso wie fremder, außer Acht ließ. Aber Glamour passte besser zu Mitzi Callonis orangeroten Haaren, auch wenn die zu Lebzeiten des Auserwählten noch gar nicht diese Farbe gehabt hatten, sondern als blondierte Mähne um das Haupt ihrer Trägerin herumdrapiert gewesen waren. Außerdem war da noch der Name. Calloni. Und die alten Geschichten ließ man am besten ruhen. Auf anderen Friedhöfen.

„Aha", sagte Alois Hirschhauser, dessen aller Wahrscheinlichkeit nach ohnehin nur geheucheltes Interesse am Beruf des Verstorbenen ebenso schnell verloschen war wie die lang vergangene Begeisterung für diesen Operettenstar, diese Sternschnuppe, die aus dem italienischen Opernhimmel gefallen und unsanft auf dem Boden der österreichischen Operette aufgeschlagen war. Inzwischen erinnerte sich kaum noch jemand an diesen Federico Calloni, was seiner Witwe die nicht unwillkommene Möglichkeit bot, seine und zugleich ihre Lebensgeschichte nach Belieben auszuschmücken. Eine Maskenbildnerin mit Worten war die auf den Namen Maria Schuster getaufte Frau immer gewesen.

„Sind Sie ein Liebhaber der Musik?", griff sie den selbst gesponnenen Faden auf.

Alois Hirschhauser wusste nicht, ob er überhaupt ein Liebhaber von irgendetwas war. Von irgendjemandem jedenfalls nicht, früher nicht und noch früher schon gar nicht. Das hatte der Anstand geboten. Gegenüber Amalia Hirschhauser ebenso wie gegenüber Kurt Binsen. In erster Linie aber gegenüber Hildegard, die nie einen Zweifel daran gelassen hatte, dass sie keine Frau war, die sich für so etwas hergab. „Nein, bedauere, ich bin kein Liebhaber", sagte Alois Hirschhauser deshalb. In Gedanken hing er noch immer zwischen Amalia und Hildegard fest. Da war kein Platz für Mitzi.

Weil Gedanken zu lesen nicht unbedingt zu Frau Callonis überirdischen Fähigkeiten gehörte, ließ diese sich durch den fehlenden Musikbezug nicht davon abhalten, dem vermeintlich ungebundenen Witwer einen Antrag, nein, einen Vorschlag zu machen.

„Wollen wir nicht auf einen Kaffee gehen?", fragte sie mit einem Wimpernaufschlag, den sie für verführerisch hielt und der es vielleicht tatsächlich sogar einmal gewesen war, sein Ziel jetzt aber verfehlte, weil Alois Hirschhauser grübelnd vor sich hin starrte und kein Auge für Mitzi Callonis Wimpern hatte.

„Einen Kaffee", meinte er nur und selbst die Autorin ist sich nicht sicher, ob sie ein Fragezeichen hinter die beiden Wörter setzen soll oder ob es sich doch um eine pointierte Feststellung handelte. Oder gar eine zustimmende Antwort auf die Frage der Frau Calloni.

Diese, also Frau Calloni, schien von Letzterem auszugehen und wollte daher sogleich den Ort festlegen, wo dieser Kaffee eingenommen werden sollte. „Gehen wir ins Café Sisi, was meinen Sie?"

Und obwohl es sich beim zweiten Teil grammatikalisch eindeutig um eine Frage handelte, ist das Fragezeichen eigentlich fehl am Platz, weil Mitzi Calloni ins Café Sisi wollte. Punkt. Allein – Alois Hirschhauser wollte nicht, nicht zu zweit. Nicht mit dieser Person.

Er löste sich aus dem Griff der Witwe mit dem entflammten Haar oder Herzen und ergriff stattdessen, einige entschuldigende Worte murmelnd, die Flucht.

Mitzi Calloni stemmte die Hände in die recht breiten Hüften und blickte dem entschwindenden Herrn Hirschhauser empört nach. Was war denn das für eine Art? So benahm man sich doch nicht als trauernder Hinterbliebener, egal ob Ehemann oder anderes. Vor allem benahm man sich einer ihrerseits trauernden Witwe gegenüber nicht so oder hatte sich einer solchen gegenüber jedenfalls nicht so, sondern vielmehr verständnisvoll und fürsorglich zu benehmen. Das fand zumindest die Witwe Calloni. Und sie hatte Erfahrung darin. Immerhin hatte es zu ihrer Jagdstrategie gehört, sich als untröstliche hinterbliebene Ehefrau von einem oder auch mehreren verständnisvollen und fürsorglichen Männern trösten zu lassen. Je mehr, umso lieber. Also nicht Männer, sondern je verständnisvoller und fürsorglicher sich diese Männer gezeigt hatten, umso lieber waren sie der Mitzi – Bauer, Calloni oder wie auch immer – gewesen. Den ihr liebsten hatte sie anschließend nicht ungern zum nächsten Ehemann erkoren. Wobei ein Verständnis und Fürsorglichkeit ergänzender Ruhm oder Reichtum – am besten beides – den Ausschlag für die Wahl gegeben hatte.

Diese Dinge – das Tempus deutet darauf hin – gehörten jedoch zu Mitzi Callonis Leidwesen der Vergangenheit an. Lange schon gab es keinen Mann mehr in ihrem Leben, weder Ehemann noch Liebhaber oder sonst einen. Das sollte, nein, das musste sich ändern, hatte sie deswegen beschlossen. Da kam Herr Hirschhauser gerade recht. Mochte er sich auch Binsen nennen. Nur dass er sich jetzt aus dem Staub machte, gefiel Mitzi Calloni ganz und gar nicht. So hatte sie das nicht geplant.

Mit bösem Blick schaute sie der entschwindenden Beute nach. „Na warte", dachte sie. Alois Hirschhausers Flucht hatte ihren Jagdtrieb erst recht geweckt.

Fäden spinnen

„Hallo Fred", sagte Maria Liliencron beim Betreten des Direktionszimmers. Alfred Kuntz' Kopf erschien über dem Rand des vor ihm stehenden Monitors. Seinem beinahe erschrockenen Gesichtsausdruck nach zu urteilen, musste der Direktor das Klopfen an der Tür überhört haben. „Maria?"

Das durch die Intonation angedeutete Fragezeichen hinter dem Namen der Kollegin musste wohl als Aufforderung an die Genannte, sich beziehungsweise ihr Anliegen näher zu erklären, verstanden werden. Zweifel an der Identität der Angesprochenen bedeutete es eher nicht, obwohl es zugegeben schon ein Weilchen her war, dass Alfred Kuntz und Maria Liliencron sich in aller Ruhe miteinander unterhalten hatten. Wochen auf jeden Fall, Monate vielleicht, weil der interimsmäßige Herr Direktor hinter digitalen Aktenbergen und papierenen Formularen zu verschwinden drohte und keinen Kopf mehr für andere und anderes als die Koordination der Schulgeschäfte hatte.

„Hast du einen Moment für mich?", fragte die Lehrerin.

„Für dich oder für mich?", wollte Alfred Kuntz, sich an den Beginn des letzten, viel zu kurzen und zugleich viel zu langen, nein, viel zu lange zurückliegenden Gesprächs erinnernd, wissen.

„Für mich", antwortete Maria Liliencron, als würde sie einem begriffsstutzigen Schüler die Regeln der Groß- und Kleinschreibung erklären. „Für uns", fügte sie hinzu und ein Hauch von Rot huschte über ihr Gesicht, verflog aber sofort wieder.

In Erkenntnis der Tatsache, dass er in dieser Unterhaltung nicht die Hauptrolle spielen würde, zumindest nicht die alleinige, hielt der Herr Direktor es für einen höflichen Zug, sich nach dem Befinden der Kollegin und Untergebenen zu erkundigen. Fürs Erste einmal.

„Wie geht's dir, Maria? Welche Umstände führen dich zu mir?"

Das war gut, klang professionell oder doch halbwegs kompetent. Dennoch schien Maria Liliencron für einen Moment irritiert, aber sie hatte sich schnell wieder im Griff.

„Ich wollte meinen Vorgesetzten mal wiedersehen", gab sie zur Antwort, beantwortete damit aber natürlich gar nichts oder so gut wie nichts. Das kratzte nicht einmal an der Oberfläche.

Dementsprechend kratzte es auch Herrn Kuntz wenig, juckte ihn höchstens ein bisschen, nein, brannte ihm unter den Nägeln oder drängte ihn doch in jedem Fall. Weiterzuarbeiten nämlich, weil er seine Zeit schließlich nicht gestohlen hatte. Und den Direktorenposten ebenso wenig.

„Das ist schön, Maria", sagte er. „Ich fühle mich geehrt." Obwohl er sich doch im Wesentlichen gestört fühlte. Er trommelte mit den Fingern auf den Tisch.

Maria Liliencron versuchte, das Geräusch zu ignorieren. „Ähm, also, ich wollte dich fragen", setzte sie an, verstummte aber sogleich wieder, da sich die Tür öffnete und Kollege Mühlegger den Raum betrat. Das Klopfen, das dem Eintretenden vorangegangen war, hatten dieses Mal weder Alfred Kuntz noch Maria Liliencron gehört. „Entschuldigung, ich habe nicht gewusst, dass du beschäftigt bist, Alfred", sagte Rudolf Mühlegger. „Wollte nicht stören."

„Du störst nicht", wandte Kuntz ein und ärgerte sich im Stillen über die mangelnde Respektsbekundung des Kollegen und Untergebenen. Weil dieser bis vor Kurzem nur Kollege und nicht Untergebener, zumindest nicht dem Alfred Kuntz untergeben oder unterstellt oder was auch immer war, galt zwischen den beiden nach wie vor das kollegiale Du. Das hatte man davon, dachte der interimsmäßige Herr Direktor, wenn man innerhalb der eigenen Reihen aufstieg, einen Mangel an Respekt.

Weil einen Mangel zu besitzen aber noch niemanden ernsthaft reich gemacht hatte, reichte es Direktor Kuntz jetzt, er reichte Maria Liliencron die Hand – zum Abschied nämlich – und bat sie, später wiederzukommen. Irgendwann im Laufe des Tages würde er sicher ein paar Minuten für sie erübrigen können.

„Aber ich ... wir ...", stammelte Maria Liliencron, sprach jedoch nicht weiter, sondern wandte sich nach kurzem Zögern ohne ein einziges Wort zum Gehen.

„Wir sehen uns", rief Alfred Kuntz ihr hinterher. Erst als sich die Tür hinter der jungen Lehrerin schloss, dämmerte ihm, dass er besser Rudolf Mühlegger gebeten hätte, später wiederzukommen.

Maria Liliencron war stinksauer. Das war die Höhe, fand sie. Was bildete Fred sich eigentlich ein, wer er war? Der interimsmäßige Herr Direktor. Sie für ihren Geschmack wünschte sich die alten Zeiten zurück. So schlimm konnte es mit dieser Glaunigg-Althoff doch gar nicht gewesen sein. Nicht schlimmer jedenfalls als unter dem alten Dippelbauer oder Alfred Kuntz in seiner verfrühten Midlife-Crisis.

Sie musste ihren Ärger irgendwo loswerden, aber nicht, wie Gerüchten zufolge, manch anderer Lehrer bei den zumindest an diesem Ärger unschuldigen Schülern, was ohnehin nur schlecht oder eigentlich gar nicht funktioniert hätte, weil Schüler die auf sie abgeladene Missstimmung in der Regel beziehungsweise nach allen Regeln der Kunst und in ganz wörtlichem Sinn reflektierten, das heißt: zurückstrahlten, der armen Lehrperson also ihren ganzen Ärger zurückwarfen, vor die Füße oder an den Kopf oder wohin auch immer, den Ärger damit in logischer Konsequenz noch ärger machten, was fatal an Griechen, Fliegen und andere Folgeerscheinungen erinnerte und mit der noch vor wenigen Monaten von der eigentlich interimsmäßigen Frau Direktor geforderten Reflexion über den Unterricht wenig zu tun hatte. Vielleicht auch deshalb, weil besagte und mehrmals wiederholte Forderung der Frau Direktor an die Lehrer und nicht an die Schüler ergangen war.

Obwohl damals im Krankenstand und daher abwesend, war Maria Liliencron von sich aus eine reflektierte oder reflektierende, jedenfalls eine überlegte Lehrperson, die gar nicht daran dachte, ihre schlechte Laune mit ins Klassenzimmer zu nehmen, was auch damit zu tun hatte, dass sie ihre Unterrichtstätigkeit für diesen Tag bereits hinter sich hatte. Weshalb jetzt auch der ihrer Meinung nach richtige Zeitpunkt für ein Gespräch mit Fred Kuntz gewesen wäre. Am Nachmittag, wenn nur noch die Hälfte aller Lehrer und Schüler im Haus war. Doch Hälfte hin oder her, ein Direktor konnte sich selbst dann nicht zweiteilen. Und da zur im Schulgebäude verbliebenen Hälfte Rudolf Mühlegger zählte, dem der Herr Direktor in dieser speziellen Situation den Vorzug gegeben hatte, hatte Maria Liliencron, die schon zum Leidwesen ihrer Eltern nie eine Vorzugsschülerin gewesen und jetzt offenbar auch keine Vorzugslehrerin war, das Nachsehen und musste einsehen, dass der liebe Herr Direktor den Problemen des Kollegen Mühlegger größere Bedeutung beimaß als den ihren. Sie konnte schauen, wo sie blieb.

Und so hielt Maria Liliencron denn auch Ausschau. Natürlich nicht nach sich selbst, da hätte sie nur in den Spiegel auf dem Lehrerinnenklo schauen müssen. Wen sie suchte, um ihrem Ärger Luft zu machen, war Waltraud Kranzlbauer. Freilich wusste Maria Liliencron nicht, ob Traude heute und am besten jetzt sofort Zeit für sie hatte. Aber Probieren ging über Studieren und über Unterrichten sowieso.

Leider sah Traude Kranzlbauer, die Maria Liliencorn zu ihrer vorübergehenden Freude am Ende des Ganges erblickte, die Sache ein bisschen anders. Weil kinderlos und damit so gut wie ungebunden, übernahm sie besonders häufig Supplierstunden. So musste sie auch an diesem Nachmittag für einen erkrankten oder sonst wie verhinderten Kollegen einspringen, was zu der etwas befremdlichen Situation führte, dass die alleinerziehende, berufstätige Mutter Maria Liliencron eine Stunde lang untätig im Lehrerzimmer saß und auf die mit ihrem Beruf nicht voll ausgelastete und von keiner Familie belastete Kollegin wartete. Wobei *untätig* eigentlich eine bösartige oder doch zumindest abwertende Unterstellung war, da Maria Liliencron in den auf das kurze Gespräch, sozusagen die Verabredung auf dem Gang, folgenden fünfzig Minuten durchaus beschäftigt war. Beschäftigt mit Gedanken über Zahlen, Zeiten und Perioden, die ihren Kollegen aus Mathematik und Chemie alle Ehre gemacht hätten. Die Biologen wollte die Deutsch- und Geografielehrerin lieber nicht zurate ziehen. Mit denen ließ sich nicht diskutieren, die wussten ohnehin alles besser. Womit sie so unrecht nicht hatten beziehungsweise gehabt hätten.

Als es endlich die Pause und für Traude Kranzlbauer den Feierabend einläutete, stand Maria Liliencron von ihrem Sessel auf. Es war höchste Zeit, fand sie, von diesem Möbelstück hatte sie Kreuzschmerzen bekommen und auch die Beine waren ihr schwer geworden. Bewegung würde guttun, selbst wenn die nur in einem kurzen Spaziergang mit Freundin und Kollegin Traude bestand.

„Nun, Maria, was hast du unter dem Herzen?“, fragte Frau

Kranzlbauer die junge Kollegin, die sich irgendwie nervös den Bauch rieb. „Möchtest du etwas essen gehen?"

Die Angesprochene wusste plötzlich nicht mehr, wo und wie sie beginnen sollte. Aber Essen war vielleicht keine schlechte Idee. Dabei sprach es sich leichter, weil der wohlerzogene Mensch mit vollem Munde bekanntlich nicht sprach, der unsichere Mensch sich mittels Essen also hinter der Wohlerzogenheit verstecken konnte, besonders wenn er sich, was ohnehin gesünder war, mit dem Essen Zeit ließ und sich dieselbe Zeit auch zum Reden nahm. Oder eben zum Schweigen, weshalb Maria Liliencron kurz entschlossen sagte, ja, sie wäre durchaus hungrig und wolle gerne mit Traude etwas essen gehen, am liebsten etwas Süßes.

„Da bist du bei mir heute leider ausnahmsweise an der falschen Adresse", erwiderte die Ältere. „Mir ist heute in der Früh nämlich glatt meine Altwiener Topfentorte verbrannt."

Maria Liliencron war ob dieser Eröffnung richtiggehend erschrocken. „Wie hat denn das passieren können?", wollte sie wissen.

In all den Jahren, die sie nun schon am Bad Auer Gymnasium unterrichtete, hatte sie noch nie gehört, geschweige denn geschmeckt, dass Traude Kranzlbauer irgendeine Mehlspeise angebrannt wäre.

Der guten Frau war das Missgeschick auch sichtbar peinlich. Sie wand sich ein bisschen und gab dann zu, sich mit der Zahnbürste im Mund in ihre alten Zeitungen vertieft zu haben. Abgehalten vom Mentholgeruch war ihr der Gestank des immer dunkler und schließlich schwarz werdenden Topfens zu spät in die Nase gedrungen. Da war die Torte nicht mehr zu retten gewesen, weshalb den beiden Kolleginnen nichts anderes übrig blieb, als fremd-, das heißt, ins Café Sisi zu gehen, wollte Traude Kranzlbauer nicht riskieren, dass ihre Freundin aufgrund akuter Unterzuckerung richtig sauer wurde. Zumal der liliencronsche Ärger ohnehin schon allzu lange unterdrückt worden war. Jetzt drängte er an die Oberfläche, wollte gesagt und besprochen, ausgesprochen und beschwichtigt werden.

Zumindest wollte das Maria Liliencron, die ihrer vertrauten Kollegin daher schon auf dem Weg ins Café Sisi von der Frechheit erzählte, die sich der liebe Herr Direktor Fred ihr gegenüber geleistet hatte. „Schmeißt mich der doch glatt raus, nur weil der Rudi zur Tür reinplatzt. Als ob dem seine Probleme dringender als meine wären", empörte sie sich.

„Was hast du denn für Probleme?", erkundigte sich Freundin Traude, als sie gerade das Café Sisi erreicht hatten. „Wollen wir uns in den Garten setzen?", fragte sie weiter und hielt Maria Liliencron die Tür zur Gaststube auf.

„Bitte?", sagte die Jüngere – nicht anstatt eines *„Danke"*, wie es angesichts der höflichen Geste eigentlich angebracht gewesen wäre, sondern weil Anfang April in Bad Au nicht einmal die frommsten Sonnenanbeter in Gastgärten zu sitzen pflegten. Gasbetriebene Heizstrahler für gewissenlose Freiluftfanatiker hatten ihren Weg noch nicht einmal in beziehungsweise vor das seit dem Umbau ultramoderne Café Central gefunden, geschweige denn ins Café Sisi, wo ein altmodischer Kamin besser zum Ambiente gepasst hätte. Das aber selbstverständlich im Gastraum, nicht im Garten, der um diese Jahreszeit nur übereinandergestapelte und mit Plastikplanen bedeckte Tische und Sessel für den Sommerbetrieb beherbergte. Und wer dort unbedingt etwas hätte konsumieren wollen, wäre auf Selbstbedienung angewiesen gewesen.

Weshalb Maria Liliencrons mehr als verwundertes *„Bitte?"* eine vollkommen berechtigte Frage danach war, ob Traude Kranzlbauer den Vorschlag ernst meinte und, wenn dies der Fall war, noch alle Mokkatassen im Geschirrschränkchen hatte.

Frau Kranzlbauer sah ihren Fauxpas denn auch sofort ein, machte einen Schritt zur Seite, damit Maria Liliencron leichter den wohlig warmen Gastraum betreten konnte, und überließ ihr die Wahl des Tisches. Allzu viele Gäste befanden sich augenblicklich ohnehin nicht im Lokal. Nur der Tisch hinten am Fenster war von einer Gruppe junger Männer, aus Traude Kranzlbauers Sicht eigentlich noch Burschen, besetzt. Und ein alter Mann saß allein vor einer leeren Kaffeetasse.

Maria Liliencron wählte ein Tischchen nahe der Garderobe, wohin sie jetzt ihre Jacke hängte. Handy und Geldbörse nahm sie heraus und steckte beides in ihre Umhängetasche, die sie neben das Tischchen mit der runden Marmorplatte stellte. Traude Kranzlbauer, die ihre Jacke anließ, nahm der Freundin gegenüber Platz.

„Fred und ich ...", begann Maria Liliencron, doch da trat Petra Sandor an das Tischchen, um die Bestellung der beiden Lehrerinnen aufzunehmen. Mit Block und Bleistift bewaffnet stand sie da und wirkte auf Maria Liliencron plötzlich wie ein Polizist mit einem

Strafzettel in der Hand. Oder wie ein Lehrer, der einen Schüler beim Schummeln ertappt hatte und jetzt mit strengem Blick die Herausgabe des Spickzettels forderte. Dabei war der Blick der Konditorin gar nicht streng und die junge Frau forderte auch nichts, nicht wirklich. Sie wartete im Gegenteil viel eher darauf, zu erfahren, was von ihr gefordert wurde.

„Einen kleinen Schwarzen und eine Kardinalschnitte, bitte", sagte Frau Kranzlbauer.

„Seit wann ...", wunderte sich Maria Liliencron, kollidierte verbal aber mit Petra Sandor, die sich in diesem Moment an sie wandte und fragte: „Und was darf es für Sie sein, gnädige Frau?"

So viel Respekt brachte Maria Liliencron schier aus der Fassung, obwohl sie derlei Höflichkeiten im Café Sisi doch eigentlich hätte gewohnt sein müssen.

„Einen Latte macchiato und einen Schokomuffin", bestellte sie verwirrt und bewirkte damit eine steile Falte auf der sonst völlig glatten Stirn Petra Sandors.

„Das haben wir leider nicht", sagte die Konditorin in einem Tonfall, der echtes Bedauern vermissen ließ. „Darf ich Ihnen stattdessen einen Häferlkaffee und eine Sachertorte bringen?" Maria Liliencron nickte gottergeben. Das war heute nicht ihr Tag. Irgendetwas lief falsch. Was die Bestellung im Café Sisi betraf, war es natürlich ihre eigene Schuld, denn italienische Kaffeekreationen und amerikanische Küchlein hatte es dort, mit wenigen Ausnahmen, noch nie gegeben, das musste sie sich, nachdem Petra Sandor in Richtung Theke davongegangen war, eingestehen. Aber bei Fred ...

„Wieso war der Rudi eigentlich da?", fragte in diesem Augenblick Traude Kranzlbauer. „Sollte der heute nicht eigentlich schon zu Mittag Schluss machen?"

„Keine Ahnung", entgegnete Maria Liliencron etwas unwillig. Was interessierte sie der Rudi Mühlegger? Fred interessierte sie, aber anscheinend beruhte dieses Interesse nicht mehr auf Gegenseitigkeit.

„Wohnt der Rudi nicht in Pförring?", wollte Traude Kranzlbauer wissen.

„Keine Ahnung", gab Maria Liliencron erneut zurück. „Ich ..."

„Doch, doch", beharrte die Kollegin, „ich glaube, der ist letztes Jahr mit seiner Frau dorthin gezogen."

„Kann schon sein", räumte Maria Liliencron ein. Die Frau des Kollegen interessierte sie noch weniger als der Mühlegger selbst.

„Nein, andersherum", korrigierte sich Frau Kranzlbauer, „die sind von Pförring weggezogen." Und leise, wie für sich selbst, fügte sie hinzu: „Das tun die Leute anscheinend ganz gern."

Maria Liliencron hatte die Bemerkung trotzdem gehört, und wenn das Ehepaar Mühlegger es auch nicht geschafft hatte, ihr Interesse zu wecken, wurde sie bei der verminderten Lautstärke, mit der Freundin Traude die letzten Worte geäußert hatte, doch hellhörig.

„Wer ist noch aus Pförring weggezogen?", erkundigte sie sich.

„Diese Frau", flüsterte Traude Kranzlbauer, als wäre sie dabei, ein Geheimnis zu verraten. Maria Liliencron schaute sie verständnislos an. „Du weißt schon", fuhr die Freundin fort, „da war diese Frau, die keinen Mann mehr hatte."

Nein, Maria Liliencron wusste offenbar nicht, wusste nichts von dieser Frau, wusste nicht, ob sie sie bemitleiden oder beglückwünschen sollte, und wusste vor allem überhaupt nicht, von wem Traude Kranzlbauer eigentlich sprach.

„Na, die Frau mit dem Mann, der sich erschossen hat", sagte Frau Kranzlbauer, die sich offensichtlich nicht entscheiden konnte, ob bezüglich dieses Mannes die Präposition *mit* oder *ohne* zu verwenden war. „Der Polizist. Der mit der Dienstwaffe."

Hier war das *mit* angebracht, sogar unerlässlich. Nicht, weil ein Polizist ohne Dienstwaffe ein rechtes Armutschkerl gewesen wäre, sondern weil dieser spezielle Polizist sich ohne seine Dienst- oder eine andere Schusswaffe nicht hätte erschießen können. Und jemand anderer ihn genauso wenig.

Da dämmerte Maria Liliencron, dass die Kollegin auf diese Geschichte anspielte, auf die sie in ihren alten Zeitungen gestoßen war und an der sie sich offenbar so heftig den Kopf angeschlagen hatte, dass sie jetzt irgendeinen Bezug zur Gegenwart vermuten zu müssen glaubte.

„Traude, das ist ewig her", sagte Maria Liliencron ungeduldig. „Das interessiert heute kein Schwein mehr."

„Doch, mich", beharrte Frau Kranzlbauer.

„Du bist kein Schwein", sagte Maria Liliencron entschieden.

Die beiden Frauen blickten einander an und brachen dann in schallendes Gelächter aus. Die jungen Männer oder Burschen im hintersten Winkel des Kaffeehauses drehten sich neugierig zu den beiden um. Selbst Petra Sandor, die jetzt auf zwei kleinen, ovalen Tabletts den Kaffee servierte – „Mehlspeise kommt gleich, die Damen" –, konnte sich ein belustigtes Lächeln nicht verkneifen. Nur der Herr vor der leeren Kaffeetasse verzog keine Miene, sondern starrte stumpf vor sich hin.

Das Lachen hatte Maria Liliencron befreit, nämlich von dem vermeintlichen Zwang, Freundin Traude von den Untaten des herzallerliebsten Herrn Direktor Fred erzählen zu müssen. „Was soll's?", dachte sie und ergab sich in ihr Schicksal, Traudes Nachforschungen über die mordsmäßig langweilige Pförringer Vergangenheit zu lauschen. Sicher gab es Schlimmeres.

„Eine Kardinalschnitte und eine Sachertorte, bitte schön, die Damen", sagte in diesem Moment Petra Sandor, die, von den beiden Lehrerinnen unbemerkt, an das Tischchen getreten war, und ließ den Kaffeetassen – und Wassergläsern! – auf den ovalen Tabletts die Mehlspeisen auf runden Tellern folgen, womit die ebenfalls runde Marmorplatte bis zum letzten Eckchen gefüllt gewesen wäre, wenn ein Kreis über so etwas wie Ecken verfügt hätte. Mit anderen Worten: Der Erzählung der Waltraud Kranzlbauer stand nichts mehr im Wege.

Außer, wie sich jetzt herausstellte, die Kardinalschnitte. Nicht etwa, weil sie zwischen Frau Kranzlbauer und ihrem kleinen Schwarzen stand. Obwohl – eigentlich auch das, denn so fiel Traude Kranzlbauers Blick auf ebendiese Mehlspeise und konsterniert fragte die ältere Lehrerin die jüngere: „Was ist denn das?"

„Eine Kardinalschnitte", gab diese kulinarisch korrekt Auskunft, bevor sie sich über die Schokoladenglasur ihrer Sachertorte hermachte.

„Das sehe ich", erwiderte Traude Kranzlbauer, die neben oder vielleicht nach Petra Sandor unter den Anwesenden als die wahre Autorität in Bezug auf Mehlspeisen galt. „Aber was macht sie hier?"

„Stehen", sagte Maria Liliencron, die die Situation inklusive Sachertorte voll auskostete. Hatte sie doch gewusst, dass die Traude keine Kardinalschnitte mochte.

„Hab ich die bestellt?", wollte die Kollegin verunsichert wissen.

„Hast du", bestätigte die Jüngere und machte nur einen halbherzigen Versuch, ihre Schadenfreude zu verbergen.

54

„Aber ich mag doch gar keine Kardinalschnitte", meinte Frau Kranzlbauer mit leichter Verzweiflung. „Dieses schaumige, cremige Zeug kann mir gestohlen bleiben."

„Willst du tauschen?", bot Maria Liliencron an.

Traude Kranzlbauer warf einen zweifelnden Blick auf das inzwischen seiner kleidsamen Schokoladenhülle beraubte Tortenstück auf dem Teller der Freundin. „Meinetwegen", seufzte sie. Sie griff nach dem Teller mit der unerwünschten Kardinalschnitte und reichte ihn der Freundin über den Tisch. „Aber nicht, dass du mir die Schokoladencreme herauskratzt und mir den Rest wieder zurückgibst", sagte sie augenzwinkernd, während sie Maria Liliencrons Teller in Empfang nahm.

Die lächelte verschmitzt. Vielleicht war der Tag doch noch nicht verloren.

Traude Kranzlbauer schob ein Stückchen der irgendwie nackten Sachertorte in den Mund. Na, wenigstens die Marillenmarmelade hatte ihr die Freundin gelassen. Die strich Petra Sandor nämlich auch zwischen die beiden Tortenböden, nicht nur unter die Glasur. Ein Hoch auf Sacher. Oder war's Demel? Frau Kranzlbauer hatte sich trotz allem kulinarischen und zugleich historischen Interesse nie merken können, welcher der beiden Wiener Konditoren welche Variante der berühmten Torte erfunden hatte. Sie selbst fand die Sache schlicht dämlich. Sich über so etwas zu streiten. Da gab es wahrlich andere Gründe.

„Also, hör zu", begann sie deshalb nach einem Schlückchen Mokka ihre Geschichte und Maria Liliencron war bereit, genau das zu tun. Zuzuhören. Bei Kaffee und Mehlspeise im Café Sisi konnte man ihr alles erzählen. „Ich bin in der Zeit ein bisschen zurückgegangen", sagte Waltraud Kranzlbauer.

Die Kollegin schluckte die Bemerkung, dass das bei einer Geschichtslehrerin – studiert hin oder her – nichts Ungewöhnliches sei, hinunter. Sie wollte endlich zum Kern der Angelegenheit vordringen, wenn schon nicht der eigenen, dann eben der fremden.

Von Fremden berichtete Frau Kranzlbauer jetzt allerdings, insofern sie eine neue Figur ins Spiel brachte. Nämlich einen Mann, der seinen Sohn wiederholt geschlagen habe. So weit war daran nichts Außergewöhnliches, weder damals noch heute. Leider. Auch dass die Gewalttaten oder -tätigkeiten hinter vorgehaltener Hand herumerzählt wurden und somit bekannt waren, hätte Traude Kranzlbauer weder zu Nachforschungen Anlass gegeben noch dazu, sich Maria Liliencron wie einer Komplizin anzuvertrauen. Schließlich wusste man im Grunde doch immer, dass der eine oder die andere den eigenen Sohn oder die eigene Tochter was auch immer. Aber wissen wollen tat das keiner. Außer den Zeitungen natürlich. Das heißt vielmehr: den Klatschblättern. Nur glaubte denen niemand, wenn sie ausnahmsweise einmal die Wahrheit schrieben.

Nun hatte die Verweigerung der Kardinalschnitte Traude Kranzlbauer nicht gleichermaßen zur Verleugnung einer der drei Kardinalstugenden, nämlich des Glaubens, verleitet. Sie glaubte durchaus. Und zwar, dass da etwas dran war an der Meldung, nach der ein Polizeibeamter – ausgerechnet! – den eigenen Sohn verdroschen hätte. Wieder und wieder, bis es sogar der Mutter des Knaben zu viel geworden war und sie Anzeige erstattet hatte.

„Und?", fragte Maria Liliencron und schleckte genüsslich die Schokoladencreme von ihrer Kuchengabel.

„Nichts *und*", gab Traude Kranzlbauer zurück, „dem feinen Herrn Polizisten ist nichts passiert. Beziehungen, vermutet die *Pförringer Wochenpost*."

„Soll sein", räumte Maria Liliencron ein, vergessend, dass so etwas eigentlich nicht sein sollte, zumindest nicht aus Sicht der Beziehungslosen, also quasi der machtpolitischen Singles.

„Ja … nein", gab sich Freundin Traude denn auch irritiert, „aber was, wenn es derselbe Polizist war?"

„Und er sich die Kugel nicht selbst in den Kopf geschossen hat?", griff Maria Liliencron den Faden auf, der bei der Zahl der seit den Vorfällen vergangenen Jahre eigentlich schon eine Spinnwebe war.

„Nicht selbst oder doch zumindest nicht unabsichtlich", bestätigte Traude Kranzlbauer flüsternd den Verdacht ihrer Kollegin. „Mord oder Selbstmord, aber mit Sicherheit kein Unfall."

Wegen des alten Herrn am Nebentisch hätten die beiden Lehrerinnen die Stimmen nicht zu senken brauchen. Alois Hirschhauser hörte ohnehin nichts, sondern starrte nur stumm in die vor ihm stehende Tasse, in der die Reste der Melange längst getrocknet waren und eine hässlich braune Kruste bildeten. Mord oder Selbstmord waren nicht die Themen, die Herrn Hirschhauser beschäftigten. Seine Hildegard war nach acht schweren Tagen im Krankenhaus einem Schlaganfall erlegen. Einem Schlaganfall, der allein in ihrem Gehirn stattgefunden hatte und nicht etwa dem seligen Ehemann angelastet werden konnte, denn der ruhte schon seit Jahren auf dem Friedhof bei Maria am Anger.

Übrigens muss der Fairness halber gesagt werden, dass Petra Sandor nicht etwa vergessen hatte, die von Herrn Hirschhauser leer getrunkene Kaffeetasse samt Wasserglas abzuräumen. Vielmehr hatte sie im Laufe der letzten Wochen begriffen, dass sie den alten Herrn in seiner Einsamkeit nicht durch emsige Betriebsamkeit und aufdringliche Fragen nach weiteren Konsumationswünschen stören sollte, weil sein einziger Wunsch war, in seiner Trauer in Ruhe gelassen zu werden. Nicht gänzlich, denn um nicht allein zu sein, kam er ja ins Café Sisi, weil so ein Kaffeehaus der ideale Platz ist, um sozusagen gemeinsam einsam, in Gesellschaft alleine oder eben genau das nicht zu sein. Was so viel heißen soll, wie dass Herr Hirschhauser sich in vertrauter Umgebung und mit anderen, teils ebenfalls beinahe vertrauten Menschen ohne seine Hildegard wohler und in seiner Einsamkeit weniger einsam als an jedem anderen Ort fühlte. Hier konnte er in geregelter Weise seiner Trauerarbeit nachgehen, wie seine Enkelin Elfi das sachkundig formuliert hatte. Obwohl sich das Nachgehen in Alois Hirschhausers Fall eher als Nach- beziehungsweise Dasitzen darstellte und die Arbeit im Grübeln über der die meiste Zeit leeren Kaffeetasse bestand.

„Hey, Leute, jetzt lasst's mich doch mal die heutige Rollenverteilung machen", erhob sich da eine männliche Stimme aus dem hinteren Teil des Kaffeehauses. Der drängenden Ungeduld nach zu urteilen, mit der diese Worte geäußert wurden, hatte der Sprecher schon mehrmals vergeblich versucht, sich Gehör zu verschaffen. Offenbar waren mitunter sogar die Freunde am selben Tisch taub für die Rede eines anderen. Lautstärke und Tonfall zeigten hier aber doch Wirkung und so konnte der dunkelhaarige Bursche an seine drei Kumpanen gewandt mit leiserer Stimme fortfahren: „Wir befinden uns im finsteren Mittelalter, 12. Jahrhundert oder so. Ein düsteres, verschlafenes Nest in der Normandie."

„Wieso Normandie?", wollte sein blond gelocktes Gegenüber wissen. „Gibt's nichts Näheres?"

„Endor war auch nicht grad ums Eck", rechtfertigte sich der Spielleiter mit einem Verweis auf den Waldplaneten, auf dem die vier

Sternenkrieger ihre letzten heroischen Kämpfe ausgetragen hatten.

„Eben", beharrte der Blonde, „da könnten wir doch mal in unserer Gegend bleiben, wenn wir schon ständig Zeitreisen unternehmen müssen."

„Wenn du lieber in der Realität rumkrebst, kannst du einfach rausgehen", schmollte der Spielleiter. „Dafür brauchst du keine Rollenspielgruppe. Aber", räumte er ein, „meinetwegen kann die Geschichte auch im mittelalterlichen Österreich spielen."

Der Blonde gab ein paar unartikulierte Laute von sich, die zwar nicht nach übermäßiger Begeisterung, aber auch nicht allzu ablehnend klangen, sodass die Rollenverteilung fortgesetzt werden konnte.

„Justus, du bist der böse Raubritter Henri de Lac", sagte der Spielleiter, wurde aber sogleich wieder unterbrochen.

„Hallo, du bist immer noch in Frankreich", bemerkte der vierte junge Mann, „wir aber nicht, wir sind inzwischen nach Österreich geritten."

„Also dann eben Kunibert der Schreckliche, zufrieden?"

„Nein, aber mach weiter. Wer bin ich?"

„Du, Walter, bist ein Bauer, 35 Jahre alt, mit großer Familie."

„Wunderbar", kommentierte der Walter Genannte. „Hab ich auch eine Holde?"

„Du hast eine Frau", sagte der Spielleiter. „Daniel, das bist du."

Drei der vier jungen Männer brachen in schallendes Gelächter aus.

„Warum ich? Immer muss ich die Frauen spielen", maulte der vierte.

„Weil du so schöne blonde Locken hast", gluckste Justus und wischte sich die Lachtränen aus den Augen.

„Die werde ich mir demnächst abrasieren", erwiderte Daniel beleidigt.

„Darauf hoffen wir seit Monaten", versicherte ihm der Spielleiter, „aber solange sich die Goldlöckchen über deine zarten Ohren kringeln, bist du für die Rockrollen geradezu prädestiniert."

„Rockrollen?"

„Na, das Gegenteil von Hosenrollen. Ein Mann spielt eine Frau."

„Und warum nicht Mopsrollen?", wollte Daniel wissen.

„Weil ein Rollmops wieder was anderes ist und sich außerdem

deine Oberweite in überschaubaren Grenzen hält", sagte der Spielleiter genervt.

„Lass gut sein, Daniel", fiel Justus dem Blonden, da er abermals protestieren wollte, ins Wort, „unser Andi gibt sich alle Mühe. Heute bist du eben eine mittelalterliche Frau, morgen kannst du dir was Besseres ausdenken."

„Danke, Justus", sagte Spielleiter Andreas.

„Und wer bist du?", wollte Walter an diesen gewandt wissen.

„Ich bin Hartmann von Hohenberg, Fronherr des armen Walter und seiner Frau. Hart und unerbittlich." Die letzten Worte hatte er mit geschwellter Brust gesprochen, ein Zeichen dafür, dass sich die Spieler in die von ihnen zu verkörpernden Figuren hineinversetzen sollten. „Walter ...", wollte Andreas das Spiel beginnen.

„Heiße ich Walter?", erkundigte sich der Angesprochene in aller Unschuld, was Daniel und Justus erneut auflachen ließ.

„Ja, du heißt Walter", bestätigte Andreas. „Den Namen hat's im Mittelalter auch schon gegeben. Walther von der Vogelweide wirst du wohl kennen."

Der Bauer Walter nickte. „Klar, ist ein guter Kumpel von mir. Meine Frau fährt voll auf ihn ab."

Daniel und Justus lachten noch lauter. Andreas drohte, endgültig die Geduld zu verlieren. Seine drei Kameraden schienen dies zu spüren und verstummten mit schuldbewussten Mienen. Man durfte es dem Spielleiter nicht allzu schwer machen, war man doch darauf angewiesen, dass er immer neue Storys für die Rollenspiele im Café Sisi lieferte.

„Aber wo wir schon mal bei deiner Frau sind", fuhr Andreas an Walter gewandt fort und wechselte in die Erzählerrolle. „Ein heißer Tag im August. Es ist bereits Abend. Bauer Walter kommt von der harten Fronarbeit zu seinem Hof zurück. Die Tür zum Wohngebäude steht offen. Drinnen hört er seine Frau schreien. Walter, dein Part."

„Als junger, besorgter Familienvater erhebe ich meinen Spaten und stürme ...", sagte Bauer Walter eifrig, wurde jedoch vom Spielleiter unterbrochen.

„Mit 35 Jahren bist du im Mittelalter nicht mehr jung."

„Woher willst du das wissen?", fragte Walter, anscheinend in seiner Männlichkeit gekränkt.

„Ich studiere Geschichte, falls du es vergessen hast."

„Wie könnte ich?", höhnte Walter. „Wo du doch seit – wie vielen ... zwölf? – Semestern nichts anderes tust."

„Dreizehn", korrigierte ihn Andreas würdevoll und ohne einen Anflug peinlichen Berührtseins, obwohl er sich immer noch eher am Anfang denn am Ende des Studiums befand. Jedenfalls nicht in der Nähe eines erfolgreichen Abschlusses. Das sei das Wesen der Geschichte, pflegte er sich zu verteidigen, dass sie eigentlich nie ein Ende finde.

Bauer Walter interessierte sich im Moment aber nicht weiter für die genaue Semesterzahl des lernfaulen Freundes, sondern ging ganz in seiner Rolle auf.

„Ich erhebe also meinen Krückstock, humple ins Haus, wo meine Alte kreischend hinter dem Ofen hockt, und gebe dem Wüstling, der meine siebzehn Urenkel mit dem Schwert bedroht, kräftig eins auf den Allerwertesten."

„Ich geb auf", fauchte Andreas. „Das ist das letzte Mal, dass ich Spielleiter gewesen bin!" Er hob die Hand und winkte Petra Sandor, die wie meist aufmerksam hinter der Theke wartete. „Ein doppeltes Himbeersoda", sagte er mit der Stimme eines Mannes, der soeben vom Fall seiner für uneinnehmbar gehaltenen Stadt in die Hände der Feinde erfahren hatte.

Petra Sandor war ob dieser Bestellung leicht verwirrt, was allerdings weniger mit Stimme und Tonfall als mit dem Wörtchen *doppelt* zu tun hatte. Schon wollte sie bedauernd antworten, dass es das Gewünschte im Café Sisi leider nicht gebe, und zuvorkommend fragen, ob sie dem werten Gast etwas anderes, vielleicht ein großes Cappy oder Obi gespritzt anbieten dürfe, was zwar die Doppelung des Himbeersoda vereindeutigt hätte, nicht aber nach des schwer getroffenen Spielleiters Geschmack gewesen wäre. Doch da kam ihr einer der kritikfreudigen und dem Alter nach erwachsenen Spielkameraden zuvor.

„Hey, Andi, *doppelt* kannst du höchstens einen Scotch oder Whiskey bestellen, aber nix, was auf der Karte unter *Kindergetränk* läuft."

Seine zwei Freunde lachten.

„In Anbetracht der Tatsache, dass ihr mir gerade das Mittelalter boykottiert habt, brauche ich etwas Starkes", erklärte Andreas theatralisch. „Und weil ich anders als meine aus der von euch verleugneten Zeit stammenden geistigen Brüder dem Alkoholgenuss eher abgeneigt bin, nehme ich mit einem halben Liter aufgespritztem Himbeersirup vorlieb."

Es dauerte einen Moment, bis der Inhalt dieser kurzen Rede in die Köpfe der Zuhörer gesickert war, doch dann sagte Petra Sandor als Erste: „Sehr gern, der Herr", machte eine kleine Notiz auf ihrem Bestellblock und eilte zurück in Richtung Theke.

Die drei jungen Männer saßen mit einem Mal wieder wie artige Schulbuben um das kleine Marmortischchen, bereit, die Aufgaben, die der Herr Lehrer an die Tafel schreiben würde, gewissenhaft und ohne Widerrede zu erfüllen. Was mit den zwei Lehrerinnen, die sich an dem Tischchen bei der Garderobe sehr angeregt unterhielten, nichts zu tun hatte, weil der einzige der vier jungen Männer, der sie oder zumindest Frau Professor Kranzlbauer als Lehrerin hätte identifizieren können, so sehr in seiner Rolle als – verkannter – Spielleiter aufging, dass er sich nicht auch noch um vermeintlich fremde Frauen kümmern konnte. Die nur allzu bekannten Männer reichten ihm völlig.

Da ging die Tür auf und herein schneite, obwohl es April war und die Gestalt auch mehr mit einer – freilich etwas fülligen – Vogelscheuche als mit einer Schneeflocke zu tun hatte, Mitzi Calloni. Die grellorangen Haare von keiner gehäkelten oder gestrickten oder was auch immer Wollkappe unter Verschluss gehalten, warf sie der jungen Frau Sandor einen gut gelaunten Gruß zu und steuerte mit etwas unbeweglichen Hüften auf Herrn Hirschhauser zu.

„Das ist aber eine Überraschung, dass wir uns hier wiedersehen", kommentierte sie dieses zumindest für sie alles andere als überraschende, sondern im Gegenteil allzu gut geplante Zusammentreffen. „Darf ich mich zu Ihnen setzen?", fragte sie mit liebeswütigem, nein, liebenswürdigem Augenaufschlag.

„Entschuldigen Sie bitte", stammelte der so unsanft aus seiner Lethargie alias Trauerarbeit gerissene Alte, „kennen wir uns?"

„Aber Sie", entrüstete sich Mitzi Calloni und bemühte sich um ein schelmisches Lachen, während sie auf dem Sessel neben Alois Hirschhauser Platz nahm, „wir sind uns doch zufällig auf dem Friedhof begegnet."

Das aufgesetzte Lachen wich einem nicht weniger aufgesetzt wirkenden tragischen Ton. Dass die Zufälligkeit der Begegnung auf dem Friedhof Mitzi Callonis Überraschung über das Wiedersehen im Café Sisi durchaus vergleichbar war, ahnte Herr Hirschhauser offenbar nicht. Genauso wenig, wie er zu ahnen schien, dass ein Zusammentreffen auf dem Friedhof überhaupt stattgefunden hatte. Und sosehr es Frau Calloni auch kränken mochte, dass er sich ihrer nach dem gemeinsamen Weg zwischen den Gräbern nicht erinnerte, so erleichtert war sie doch auch über seine grundsätzliche, über diese Begegnung hinaus- und zurückgehende Ignoranz, die es ihr viel leichter machte, ihm die trauernde, aber nichtsdestotrotz dem Leben *danach* – also nach dem Tod des Ehepartners – zugetane Witwe vorzuspielen. Wobei das mit dem *Leben danach* ja stimmte, nur die Trauer einer Witwe war eine der Mitzi Calloni durchaus unbekannte Empfindung.

Während der folgenden Minuten versuchte Frau Calloni, Herrn Hirschhauser aus seiner Lethargie zu locken. Sie ließ all ihre Reize spielen, bis sie in gewisser Weise Erfolg hatte. Herr Hirschhauser zeigte ein Mindestmaß an Reaktion, indem er aufstand, zahlte und das Café Sisi verließ, noch bevor Mitzi Calloni ihre Bestellung hatte aufgeben können.

Eine Wolke glitt über den Frühlingshimmel und schob sich vor die Sonne. Der Schatten fiel auf den Schreibtisch des interimsmäßigen Herrn Direktor und ließ diesen von der E-Mail, an der er nun schon viel zu lange tippte, aufschauen.

„Was war das?", dachte Alfred Kuntz. „Hat nicht gerade noch die Sonne geschienen?" Doch, ja, er war sich dessen fast sicher, meinte sich daran erinnern zu können, dass Rudi sie halb verdeckt hatte, als er vor ihm gestanden war, weil er unbedingt mit ihm über Ernst hatte sprechen wollen. Rudi. Und davor Maria. Was hatte die eigentlich gewollt? Es konnte nicht wichtig gewesen sein, entschied Alfred Kuntz schnell für sich, denn andernfalls hätte er es sich gemerkt. Wichtige Dinge merkte er sich immer. Dass Maria Liliencron gar nicht die Zeit gehabt hatte, ihr Anliegen zu äußern, gehörte offensichtlich nicht dazu.

Die Wolke gab den Blick auf die Sonne wieder frei, gab mithin auch den Weg der Sonne durch das Fenster des Direktionszimmers frei, was ein Sonnenstrahl nutzte und Alfred Kuntz ins Auge stach oder in der Nase kitzelte. Fast alles bildlich gesprochen, weil sich besagte Wolke rein physikalisch nicht zwischen Direktor und Sonne schob, sondern nur dem Licht den Weg versperrte, während die Sonne bereits Minuten vorher weitergezogen war, was auch wieder nicht stimmte, weil die gar nicht zog, was nicht erst Galileo, der sich damit allerdings unsterblich zu machen gewusst hatte, erkannt hatte. Aber weil Alfred Kuntz im bisherigen Hauptberuf nicht Physik unterrichtet und auch mit Wissenschaftsgeschichte nur wenig am Hut hatte, begnügte er sich mit Himmelsrichtungen und Klimazonen, wo das Wetter zwar ein bisschen mit hineinspielte, in den letzten Jahren aber eh ... immer ... un...un...unberech...

„Hatschi!“, machte der solcherart vorbelastete, nein, -gebildete Herr Direktor und nieste, dass sich ein für das Klima in der Direktion ungewöhnlicher Sprühregen über den Bildschirm mit der angefangenen Mail ergoss. Er nieste noch einmal, was dem Sprühregen, wieder metaphorisch gesprochen, einen Schusterbuben folgen ließ, der auf dem Wort *geehrter* landete und sich alsbald über den darunterstehenden Text ausbreitete, bis Alfred Kuntz, von der eigenen Körperzähflüssigkeit angewidert, ein Papiertaschentuch aus der Schreibtischlade nahm und Rotz und Speichel vom Monitor wischte.

„Verfluchtes Aprilwetter“, dachte er ohne zwingenden Zusammenhang, weil Sonne und Wolken ja zu jeder Jahreszeit miteinander Hand in Hand gehen beziehungsweise über den Himmel ziehen oder, weil auch das nicht korrekt formuliert ist, auftreten konnten. Aber auf das Wetter schimpfte der Österreicher halt immer gern und Alfred Kuntz bildete darin keine Ausnahme. Er trieb es sogar im Gegenteil noch weiter, nahm die nur als solche empfundenen Wetterkapriolen persönlich und verglich sie mit seiner Liebsten. Zumindest mit seiner Lebensgefährtin. „Claudia“, dachte er nämlich und meinte damit Claudias Stimmungsschwankungen, die für ihn inzwischen jedoch für die ganze Person standen, obwohl deren Stimmung in den letzten Jahren tendenziell gar nicht geschwankt, sondern sich auf einem ziemlich konstanten Tiefstand befunden hatte. Claudias Stimmungsschwankungen, dachte er jedenfalls eigentlich, obwohl unzutreffend, waren genau wie das Aprilwetter: vollkommen unberechenbar. Und nervend.

Sollte er diesen Posten aber behalten, das hieß, vom interimsmäßigen zum regulären Direktor des Bad Auer Gymnasiums befördert werden, würde sich das ändern. Nicht deshalb, weil so ein Kleinstadtgymnasiumsleiter Einfluss auf das Wetter gehabt hätte. Das wäre Blödsinn gewesen, nicht einmal auf heiße Luft oder Schnee von weiß Petrus wann. Aber Einfluss auf den Bau und Verkauf schicker Reihenhäuser. Nein, wenn man ehrlich war, nicht einmal das. Aber wenn man ein bisschen weniger ehrlich und dafür ein bisschen mehr Mitglied in der entsprechenden Partei oder Liste war und dazu das Einkommen eines Direktors hatte, konnte das die Chancen auf so ein Häuschen durchaus erhöhen. Genauso wie Claudias Laune. Darauf vertraute Alfred Kuntz fest.

Claudia war auch der einzige Grund, warum er mit der ganzen Sache einverstanden gewesen war. Allein ihretwegen hatte er bei der letzten Gemeinderatssitzung positiv über den Antrag auf Flächenumwidmung abgestimmt. Ihretwegen und weil die anderen auf oder in der Liste sich genauso positiv geäußert hatten. Man durfte schließlich ruhigen Gewissens ein paar Vorteile genießen, wenn man sich in seiner Freizeit politisch engagierte. Es zwang die anderen ja niemand dazu, sich außerhalb der Arbeitszeit zu Hause zu verbarrikadieren oder durch die Natur zu streunen, die nur den Bauplänen der Stadtregierung im Wege war. Außerdem durfte sie ja bleiben, die Natur, rund um die hübsche Reihenhauszeile, die zwar noch nicht gebaut, deren Parzellen aber schon fast alle vergeben waren. Durfte und sollte sogar bleiben, damit die Kinder der politisch engagierten Eltern mit viel Grün rund um den Garten aufwuchsen. Bis ihnen die nächste, anders gefärbte Stadtregierung eine fünfstöckige Wohnhausanlage vor die Nase knallte. Aber Alfred Kuntz wollte ohnehin keine Kinder.

Er setzte einen Gruß unter den Text der E-Mail und klickte auf Senden.

Gruben graben

„Warum immer ich?", dachte Inspektor Obermayer schlecht gelaunt, während er seinen trägen Polizistenkörper am Gitterzaun vorbei auf das Baustellengelände am Stadtrand zwängte. Eigentlich wäre das Thomas Machaceks Aufgabe gewesen, weil sein Tag, sein Vormittag, um korrekt zu sein. Aber die beiden Kollegen hatten den Dienst getauscht, da Inspektor Machacek kurzfristig einen Arzttermin hatte.

So war Inspektor Obermayer an diesen Ort beordert worden, um Parksünder abzustrafen. Nicht, dass die Kurzparkzone des Zentrums von Bad Au bis hierher ausgedehnt worden war. Auch bestand noch nicht die Gefahr, dass die Autos der Ausflügler denen der hier Wohnenden den letzten freien Parkplatz wegschnappten. Quasi Reise nach Jerusalem, und wer ausschied, musste Bad Au verlassen. Das nicht. Vorerst ging es ausschließlich darum, dass den Baufahrzeugen nicht die Zufahrt zur Großbaustelle versperrt wurde.

Inspektor Obermayer fragte sich allerdings, wer auf der matschigen, weil noch nicht asphaltierten Straße parken sollte. Nämlich: wozu? Um von da aus in die schöne Natur hinauszuwandern? Da hätte der- oder diejenige erst um die Baustelle herumlaufen oder selbige durchqueren müssen. Das eine wäre mühsam gewesen, das andere war, wie nicht nur ein am Gitterzaun befestigtes Schild kundtat, strengstens verboten. Weshalb es also allein der Dienstwagen des Inspektors war, auf den ein Baggerfahrer in diesem Moment deutete. Deutete und nicht etwa fluchte, weil ja die Gefahr bestand, dass sich dieser Polizist, der da soeben gekommen war, über die Maßen mit seinem Dienstfahrzeug identifizierte und sich womöglich ebenfalls verflucht oder mindestens beleidigt gefühlt hätte. Beamtenbeleidigung kam aber auch oder gerade auf der Großbaustelle der Stadtgemeinde Bad Au nicht gut an. Deshalb also nur der dezente Hinweis mit der offenen, nicht der zur Faust geballten Hand. Und die gesteigerte Lautstärke nur aus dem Grund, weil der Inspektor auf die vorangegangenen, weniger lauten Rufe des Baggerfahrers nicht reagiert, sie wahrscheinlich überhört hatte. Das konnte schon mal passieren, wenn links und rechts die Motoren dröhnten, der Schotter rasselnd in die Baugrube fiel und ein Presslufthammer die an falscher Stelle erstarrte Betondecke wieder aufbrach.

„'tschuldigung", sagte Inspektor Obermayer, als er endlich kapierte, dass es sein Polizeiauto war, das dem Baggerfahrer im Weg stand. „Nichts für ungut, bin gleich weg." Er stieg ungelenk in seinen Wagen, startete den Motor und setzte ein paar Meter zurück.

„Warum immer ich?", fragte er sich erneut und übersah dabei, dass es – was auch immer das war – deshalb immer ihn traf, weil er immer er war. Was ihm in seinem Leben als Unannehmlichkeit widerfuhr, musste also notgedrungen ihn treffen. Jemand anderer war er nun mal nicht. Zumindest nicht tagsüber, nicht für die Öffentlichkeit.

Darum war auch er es, der jetzt, nachdem er den Dienstwagen wenige Meter entfernt abgestellt hatte, mit dem linken Fuß ins schlammige Wasser trat, das sich in einem Schlagloch gesammelt hatte. Die Brühe schwappte über den Rand seines Schuhs und kroch in den Socken. Der Inspektor zog den Fuß rasch zurück, als könnte das das Malheur ungeschehen machen. Um weiteres Unheil zu verhindern, schlug er die Autotür zu und startete erneut den Motor. Hier war für ihn ohnehin nichts zu tun, entschied er, und ließ die Baustelle Baustelle sein. Der Anrufer, der ihn herzitiert hatte – gebeten konnte man das eigentlich nicht mehr nennen –, musste sich geirrt haben. Außer dem Inspektor selbst behinderte niemand die Arbeiten im Auftrag der Stadtgemeinde. Und wenn, dann sollte sich doch bitte der Kollege Thomas Machacek darum kümmern. Der stand mit der Gemeinde ohnehin auf besserem Fuß als er, was nicht nur daran lag, dass sein, Franz Obermayers, Fuß dank dieser Baustelle nass und kalt und schmutzig war.

Der Herr Inspektor lenkte den Wagen zurück in Richtung Stadtzentrum. Jedes Mal, wenn er auf die Kupplung trat, bewegte sich das Wasser in seinem Schuh. Gleich wenn er zur Dienststelle kam, wollte er ihn ausziehen. Hoffentlich hatte er noch ein Paar frischer

Socken im Kasten. Oder wenigstens ein einzelnes trockenes Exemplar. Belinda erinnerte ihn zwar regelmäßig daran, solche hilfreichen Kleinigkeiten griffbereit am Arbeitsplatz zu haben, aber er überging ihre gut gemeinten Ratschläge beinahe ebenso regelmäßig.

Bei einer roten Ampel hielt Inspektor Obermayer an. An der Ecke gegenüber stand ein Wegweiser. *Kfz-Werkstatt* war darauf zu lesen. Franz Obermayer sah auf die Uhr. Noch mehr als zwei Stunden bis Dienstschluss. In dieser Zeit könnte er wenigstens einen Teil der Schreibtischarbeit erledigen, von der ihn der Anruf von und die Fahrt zur Baustelle abgehalten hatten. Die Aussicht darauf war nicht verlockend. So beschloss Herr Obermayer, lieber dem Walter Ebendorfer einen Besuch abzustatten. Er setzte den Blinker und bog, als die Ampel auf Grün umsprang, von der Hauptstraße ab.

Kfz-Werkstatt Walter Ebendorfer prangte, die Information auf dem Wegweiser spezifizierend, über der Einfahrt. Franz Obermayer fuhr mit dem Dienstwagen bis vor die große Halle, in der die Angestellten des Herrn Ebendorfer an den Kundenautos herumschraubten. Oder eigentlich eher -tippten, weil so ein modernes Auto ja nur noch wenig mit Schrauben und Mechanik überhaupt zu tun hatte, sondern vielmehr ein Computer auf vier Rädern war. Ein Wunder eigentlich, dass es immer noch ein Lenkrad, ein Kupplungs- und ein Gaspedal hatte und nicht nur GPS und ein Touchpad. Das musste irgendetwas mit Nostalgie zu tun haben.

Franz Obermayer betrat die Halle. Einer der Mechaniker – oder besser Mechatroniker – sah von seinem Laptop auf. Mit der Mittagspause nahm man es offensichtlich nicht so genau.

„Ist der Chef da?", fragte Herr Obermayer.

„Ist oben, wie immer", kam die Antwort, bevor sich der Mann wieder in seine Software vertiefte.

Franz Obermayer stieg die Treppe zum Arbeitszimmer des Herrn Ebendorfer hinauf. Auf jeder zweiten Stufe schmatzte es in seinem Schuh. Oben angekommen musste Herr Obermayer erst ein bisschen verschnaufen und wieder zu Atem kommen. Dann klopfte er an die Tür mit der Aufschrift *Büro* und betrat den Raum.

Walter Ebendorfer klemmte wie üblich hinter dem Schreibtisch. Aufgrund seiner Leibesfülle hatte er es bereits vor Jahren aufgegeben, selbst mit den Autos seiner Kunden herumzuhantieren. Das überließ er seinen Angestellten, dafür bezahlte er sie schließlich. Er überwachte die Burschen lediglich von seinem im ersten Stock gelegenen Büro aus. Durch eine große Glasscheibe konnte er hinunter in die Werkhalle blicken. Dass die Scheibe in die andere Richtung verspiegelt war, war Franz Obermayer gleich bei seinem ersten Besuch aufgefallen. Ebenso die Tür, die aus dem Büro des Chefs in einen weiteren Raum führte und fast immer verschlossen war. Was nicht automatisch hieß, dass dieser Raum nie betreten wurde. Um dort hineinzuschlüpfen, brauchte selbst Walter Ebendorfer nur eine halbe Minute, bevor sich die Tür hinter ihnen wieder schloss.

„Herr Inspektor", begrüßte der Werkstattchef Franz Obermayer. „Das ist ja nett. Wurde aber auch Zeit. Das übliche Service?"

Herr Obermayer nickte. „Liebend gern", antwortete er. Man war sich schnell einig.

Als Franz Obermayer die ebendorfersche Werkstatt wieder verließ, war die Nässe im Schuh vergessen und auch die Aussicht auf die zu erledigende Schreibtischarbeit erschien ihm nicht mehr ganz so trüb.

„Warum eigentlich ich?", fragte er sich. Aber dieses Mal war er mit der Auswahl ganz zufrieden.

„Na, Franz, immer noch fleißig?", fragte Thomas Machacek ein wenig spöttisch und lehnte sich, eine Dose Red Bull in der Hand, lässig in den Rahmen von Inspektor Obermayers offener Tür. Der warf dem athletisch gebauten Kollegen einen schwer zu deutenden Blick zu.

„Bin aufgehalten worden", murmelte er und neigte den Kopf wieder über die Papiere, die vor ihm auf dem Schreibtisch lagen. Das hätte er sich damals, als er vor rund dreißig Jahren in den Polizeidienst eintrat, auch nicht träumen lassen, dass er bei diesem Job vor allem gegen Aktenberge und dann erst gegen Verbrecher zu kämpfen haben würde. Den Papierkram zu erledigen hatte mit den aufregenden Verfolgungsjagden, wie sie so gerne in Fernsehfilmen gezeigt wurden, genauso viel zu tun wie Strafzettel auszustellen. Da war er nur froh, dass er sich diesen Beruf nicht aus dem Bestreben heraus ausgesucht hatte, ein Held zu sein. Dass er das nicht war und so einer wie er das auch niemals sein würde, hatte ihm sein Vater oft genug eingebläut.

„So, aufgehalten?", sagte Kollege Machacek und wollte anscheinend genauere Informationen über Franz Obermayers Aufenthalt oder Aufgehalt oder jedenfalls den Grund dafür, dass der Ältere immer noch in seinem Dienstzimmer saß, obwohl ihn der Jüngere, von seinem Arztbesuch heil zurückgekehrt, schon vor einer Stunde abgelöst hatte.

„Ja, aufgehalten", bestätigte Inspektor Obermayer. Er wirkte ein bisschen abweisend, was den Kollegen jedoch nicht störte. Vielleicht war er auch nicht wirklich abweisend, sondern nur abwesend. Geistig nämlich. Mit den Gedanken noch nicht wieder in seinem Dienstzimmer und noch lange nicht zu Hause, wo sein Sohn Jakob auf ihn wartete. Zumindest redete Franz Obermayer sich das ein. Oder hätte es sich eingeredet, wenn er mit Gedanken, Worten und Werken bei der Sache, also dem Sohn, gewesen wäre.

„Sag, weißt du Genaueres über das Bauprojekt am Fliedergrund?", fragte er jetzt den Kollegen, der sich beinahe an seinem Energiedrink verschluckte. „Du hängst da doch auch irgendwie drin."

Thomas Machacek hustete. Sehr gründlich und ausgiebig, bis auch die letzte Spur der koffeinhaltigen Zuckerlösung seinen Rachen verlassen hatte. Nur der Geruch war geblieben. Aber vielleicht kam der auch aus der Dose, die der junge Inspektor treffsicher in den Mistkübel beförderte.

„Ich häng gar nirgends drin", wehrte er ab. „Die Reihenhaussiedlung am Fliedergrund interessiert mich nicht."

„Noch ist es keine Reihenhaussiedlung, sondern nur eine Baugrube", präzisierte Inspektor Obermayer. „Viele Baugruben", fügte er hinzu.

„Meinetwegen", lenkte Machacek ein. „Es interessiert mich trotzdem nicht. Warum interessiert's dich?", wollte er dann wissen, weil er es plötzlich seltsam fand, dass Franz Obermayer überhaupt an irgendetwas ein gesteigertes Interesse zeigte.

„Tut's gar nicht", sagte der denn auch prompt. „Ich hab nur am Vormittag hinfahren müssen, weil irgend so ein Komiker angerufen und sich beschwert hat, dass parkende Autos die Bauarbeiten behindern."

„Irgend so ein Komiker?", fragte Thomas Machacek. „Vielleicht der Bürgermeister?"

„Kann schon sein. Hat mich gleich geduzt, ich weiß auch nicht, warum", erwiderte Inspektor Obermayer. „Wie ich hingekommen bin, war ich jedenfalls der Einzige, der irgendwen oder -was behindert hat.“

„So macht man sich beliebt“, stellte der Kollege trocken fest. Der Ältere sah ihn böse an, was Machacek jedoch nur mit einem freundschaftlichen Lächeln quittierte. „Und dabei bist du aufgehalten worden?“

„Du sagst es.“

„Pass nur auf, dass es nicht zu viele Überstunden werden, sonst gibt’s Ärger wegen des Zeitausgleichs“, riet der Kollege.

Inspektor Obermayer überlegte, ob aus diesen Worten eine gewisse Ironie herauszuhören war. So wirklich oft machte er, Franz Obermayer, nämlich nicht Überstunden. Zumindest schrieb er die Zeit, die er nach Dienstschluss noch auf der Polizeistation verbrachte, nicht auf. Nicht als Arbeitszeit. So wie er auch heute keine Überstunden schreiben würde. Wer sollte denn das Gesetz achten, wenn nicht die Polizei persönlich?

Thomas Machacek stieß sich, immer noch lächelnd, vom Türrahmen ab und machte sich davon.

Am nächsten Tag holte Inspektor Obermayer nach, was er tags zuvor versäumt hatte: Er ging ins Café Sisi. Freilich erst nach Dienstschluss, den er heute pünktlich einhielt. Drei Minuten vor vierzehn Uhr erhob er sich aus seinem Schreibtischsessel und ging zu dem Spind, wo er seine Uniform deponierte. Die Jacke sowieso, aber auch die Hose würde noch ein, zwei Tage aushalten. Kam aufs Wetter drauf an. Das Hemd? Inspektor Obermayer schnupperte. Nein, das Hemd nahm er doch lieber mit nach Hause. Bügelfrei war in Zeiten, in denen die Frauen die Last der Haushaltsführung lieber in die Hände ihrer Männer legten, ja an und für sich eine gute Sache. Aber der zu geringe Baumwollanteil schluckte nur halb so viel Schweiß, wie reine Naturfaser es getan hätte.

In Zivilkleidung verließ Inspektor Obermayer Punkt zwei die Polizeistation. Auf dem Berechtigten – das heißt: Bediensteten und Dienenden, also Polizisten – vorbehaltenen Parkplatz neben dem Gebäude stand sein Privatauto. Ein Zettel steckte unter dem Wischerblatt. Inspektor Obermayer sah ihn erst, als er bereits im Wagen saß, den Motor angelassen hatte und sich gerade anschnallen wollte. Weil er keine Lust hatte, noch einmal auszusteigen, betätigte er den Scheibenwischer. Der Zettel zog mit dem Wischerblatt über das Glas. Inspektor Obermayer erhöhte die Frequenz. Der Zettel flatterte, flog aber nicht weg. Bevor Inspektor Obermayer, der ihm mit den Augen folgte, schwindlig wurde, stieg er doch aus. Dann griff er noch einmal in den Wagen und stellte den Scheibenwischer ab.

Der Zettel hatte unter dem Versuch, ihn loszuwerden, gelitten, doch die Schrift auf ihm war noch lesbar. *Halten Sie sich raus.*

„Habe ich doch gewusst, dass das kein Strafzettel sein kann", dachte Inspektor Obermayer mit Genugtuung. Er hatte sich nicht erinnern können, sich einen solchen ausgestellt zu haben. Und die Kollegen würden es nicht wagen, die kannten sein Auto. Dass er andernfalls auf dem Parkplatz der Polizeidienststelle ohnehin keinen Strafzettel bekommen hätte, sondern gleich kostenpflichtig abgeschleppt worden wäre, fiel ihm auf die Schnelle nicht ein. Er war einfach nur erleichtert, so wie jeder Autofahrer es wäre, wenn er feststellte, dass er durch einen Zettel unter dem Wischerblatt nicht zur Kasse gebeten wurde.

Bis das, was die Worte auf dem Zettel stattdessen von ihm verlangten, in seine Wahrnehmung vorgedrungen war, brauchte Inspektor Obermayer etwas länger. Dann runzelte er die Stirn. Damit, dass er sich heraushalten sollte, war er grundsätzlich ja ganz einverstanden. Das hatte er immer schon so gehandhabt, beruflich ebenso wie in der Familie. Das hier musste demnach etwas Neues sein. Nur: Aus was sollte er sich heraushalten?

Inspektor Obermayer steckte den Zettel in die Tasche seiner Zivilhose und stieg wieder ins Auto. Aus dem Café Sisi wollte er sich jedenfalls nicht heraushalten. Und alles andere war im Moment nebensächlich.

Als er die Straße vor dem Kaffeehaus entlangfuhr, suchte er vergeblich nach einem Parkplatz. Das war eben der Nachteil, wenn man in der Stadt motorisiert unterwegs war: dass man einen weiten Fußmarsch vom Auto bis zum eigentlichen Ziel in Kauf nehmen musste, mitunter so weit, dass in der dafür benötigten Zeit ein direkt vor dem Ziel gelegener Parkplatz frei geworden war.

Doch wenigstens dieser Ärger blieb dem Inspektor in Zivil an diesem Tag erspart, insofern die Straße rechts und links der Fahrbahn zugeparkt war, als er fünf Minuten später zu Fuß zum Café

Sisi kam. Die Kurzparkzone fing erst um halb drei wieder an. Da hatte man um vierzehn Uhr zwanzig schlechte Karten.

„Grüß Gott, Herr Inspektor", begrüßte ihn Frau Sandor, als er das Lokal betrat. Sie war gerade, ein Tablett in der einen, drei Teller mit Mehlspeisen in der anderen Hand, auf dem Weg zu drei älteren Damen, die an einem Tischchen in der Mitte des Gastraums saßen.

Inspektor Obermayer folgte ihr mit dem Blick – und stutzte. Was ihm da ins Auge, nein, in beide Augen stach, waren zweifellos Mitzi Callonis grellorange Haare, emporzüngelnd wie die Flammen des Fegefeuers und, im Gegensatz zu den grauen beziehungsweise grauvioletten Dauerwellen der Damen Haberhauer und Vrabec, von keiner Häkelkappe bedeckt. Glücklicherweise trat sofort Petra Sandor wie ein barmherziger Engel zwischen die beiden. Oder wie die Heilige Odilie, Schutzpatronin gegen Augenleiden, obwohl sie sich diese Zuständigkeit mit so vielen anderen Heiligen teilte, dass man schwer den Überblick bewahren konnte. Vor dem Anblick der Mitzi Calloni bewahrte jedenfalls Petra Sandor den wie versteinerten Herrn Inspektor, der sich darum aus seiner Starre löste und ein paar Schritte machte auf der Suche nach einem freien Tisch, der ihn nicht wieder in Versuchung brachte, alte Damen anzustarren. Das kam nicht gut.

Gut kam für Franz Obermayer auch nicht, dass der Tisch in der hintersten Ecke, gleich beim Fenster, besetzt war. Und zwar von einer Gruppe junger Männer. Zu viert saßen sie dort, unterhielten sich wild gestikulierend und brachen gerade in herzliches Gelächter aus. Vier junge Männer, drei alte Damen, eine irgendwie gestresste Konditorin.

„Fehlt nur noch das zankende Ehepaar", dachte Inspektor Obermayer missmutig. Aber es saß nur ein alter Herr alleine an dem Tischchen neben der Garderobe. Dem wollte der Inspektor nicht unbedingt Gesellschaft leisten, nur um die hübsche Zahlenfolge komplett zu machen. Er wählte einen Tisch im größtmöglichen Abstand zu den drei besetzten, was eine geometrische Herausforderung war und deshalb auch nicht ganz glückte. Die vier jungen Männer waren nur ungenügend durch einen einzigen Tisch von Inspektor Obermayer getrennt.

Während dieser darauf wartete, dass Petra Sandor seine Bestellung aufnahm, kam er nicht umhin, den einen oder anderen Fetzen des durchaus merkwürdigen Gesprächs der jungen Männer aufzuschnappen.

„Bleib auf dem Boden der Tatsachen, Just. Du hast einfach keinen IQ von 210. Du bist Angehöriger einer niedrigen Spezies – und wenn du hundertmal ihr König bist."

„Können wir nicht einmal, ein einziges Mal mit unseren Geschichten in der Realität bleiben?"

„Alter, in der Realität liegt dein IQ auch deutlich unter der 210-Punkte-Marke. Außerdem ist die Realität langweilig. Das ist doch der Grund, warum wir hier sind: um uns in höhere Sphären aufzuschwingen."

„Ich weiß nicht, was die Höhle eines Neandertalers mit höheren Sphären zu tun hat."

„Nicht Neandertaler, du Idiot. Hörst du mir überhaupt zu?"

„Seltsam, diese jungen Leute", dachte Inspektor Obermayer. Ob die unter Drogeneinfluss standen? Weil er aber außer Dienst war, beschloss er, dass ihn derlei Dinge nichts angingen. Um sich abzulenken, griff er, ganz gegen seine Gewohnheit, zur Lokalzeitung, die jemand auf dem Tisch liegen gelassen hatte. Und auch Petra Sandor hatte sie nicht auf das Zeitungstischchen bei der Garderobe zurückgelegt.

Wer anderen eine Grube gräbt lautete die Schlagzeile. Es ging um das Bauprojekt auf dem Fliedergrund. Verstöße gegen Umweltverträglichkeitsprüfungen und Anrainerschutz, Freunderlwirtschaft und Korruption lauteten die Vorwürfe, die erhoben wurden. Nicht direkt von den Redakteuren natürlich, sondern von einer anonymen Stimme, die persönlich gesprochen oder zumindest gehört zu haben die Zeitungsschreiber jedoch versicherten.

„Das Übliche", dachte Inspektor Obermayer, obwohl er sich üblicherweise doch gar nicht für derlei Dinge interessierte und somit weder Üblichkeit noch Übelkeit der Vorwürfe und Vorgehensweise beurteilen konnte.

„Jetzt bin ich endlich bei Ihnen", sagte Petra Sandor, die mit Block und Bleistift bewaffnet an seinen Tisch herangetreten war. „Entschuldigen Sie bitte, dass es so lange gedauert hat. Aber wenn alles gleichzeitig ... Was darf es denn sein?", unterbrach sie sich selbst, dessen gewahr werdend, dass sie den Gast mit ihrer Entschuldigung nur noch länger davon abhielt, seine Wünsche zu äußern.

Dabei hatte Inspektor Obermayer noch gar nicht überlegt, was diese seine Wünsche, bezogen auf Petra Sandor, eigentlich waren. Und so sagte er aus alter Gewohnheit und weil es keine schlechte Wahl war: „Eine Sachertorte und einen Verlängerten, bitte."

Als die junge Frau Sandor das Bestellte wenig später servierte, hätte Franz Obermayer statt der Sacher- lieber eine Malakofftorte gehabt, aber das zu sagen, wäre ihm noch unangenehmer gewesen, als mit der Sachertorte vorliebzunehmen. Die hatte auch ihr Gutes, war mit ihren drei Teilen – Teig, Marmelade und Glasur – einfach, klar und übersichtlich, was einen erfreulichen Kontrast zum restlichen Leben darstellte, das dem Inspektor momentan nicht ganz stimmig zu sein schien.

In Gedanken versunken kratzte sich Franz Obermayer am Kopf. Etwas zu fest, was vielleicht der ungewohnten Anstrengung geschuldet war. Auf jeden Fall verrutschte sein Toupet. Beinahe wäre es über die spiegelglatte Denkerstirn geglitten und in der Kaffeetasse gelandet.

Ein Haar in der Suppe war eine Sache, ein ganzes Toupet im Kaffee eine andere, die auch der Gleichklang im Auslaut nicht besser gemacht hätte. Glücklicherweise riss der unverkennbar spöttische Blick, der unter dem flammenden Inferno am Tisch in der Mitte zu ihm herübergeschickt wurde, Inspektor Obermayer aus seinen Gedanken, sodass er das leichte Scheuern am Kopf vom starken Kratzen seiner Finger unterschied und diese Finger lieber in die falschen Haare als in die echte Kopfhaut grub, sprich: das Toupet gerade noch festhielt und an seinen Platz zurückschob. Weil weitere Befestigungsmaßnahmen den Spott der Mitzi Calloni nur noch mehr angestachelt hätten, stützte Franz Obermayer den Kopf in die Hand und hielt damit beides fest, Kopf und Toupet.

Nur der Gedanke von vorhin war ihm entwischt. Aber so ein Stück Sachertorte konnte ihn dafür bestimmt entschädigen. Und ein Stück Malakofftorte, die er gleich im Anschluss bestellte, erst recht. Immerhin hatte er gestern auf seinen Kaffeehausbesuch verzichtet. Und als es ans Zahlen ging, weil er sich ja doch einmal auf den Weg machen musste, bat er Petra Sandor, ihm bitte noch ein Punschkrapferl einzupacken.

„Für den Jakob?", fragte die junge Konditorin mit Unschuldsmiene.

„Ähm, ja", bestätigte Inspektor Obermayer, den nach wie vor spöttischen Blick vom Tisch in der Mitte ignorierend.

Kurz nachdem Inspektor Obermayer das Café Sisi verlassen hatte, drängten auch Lise Vrabec und Gerti Haberhauer zum Aufbruch.

„Ich lade euch ein", erklärte Mitzi Calloni und winkte Petra Sandor, die aufmerksam hinter der Theke gewartet hatte. „Zusammen, bitte", sagte sie zu der Konditorin, die sogleich zu dem Tischchen in der Mitte des Raums gekommen war.

Ihre beiden Freundinnen sahen einander überrascht an. Es kam nicht oft vor, dass Frau Calloni sich so spendabel zeigte. So gut wie gar nicht, wenn man ehrlich war. Sogar Petra Sandor wirkte verwundert. Immerhin war sie es seit sieben, acht Jahren gewohnt, den Damen Calloni, Haberhauer und Vrabec getrennte Rechnungen auszustellen. Oder der Einfachheit halber überhaupt keine. Aber da zeigte sich der Vorteil einer Registrierkasse. Die rechnete drei kleine Summen beinahe genauso schnell wie eine große zusammen, und das auch noch mit weniger Fehlern. Womit nicht gesagt sein soll, dass die junge Frau Sandor womöglich schwach im Kopf oder auch nur im Kopfrechnen gewesen wäre. Sie hatte im Gegenteil ein exzellentes Zahlengedächtnis. Genauso wie ein exzellentes Namensgedächtnis. Sie wusste sehr wohl, wie viel die einzelnen Konsumationen ihrer Gäste beim letzten Mal ausgemacht hatten. Sonst wäre das Café Sisi nämlich schon den Bach runtergegangen, weil für die Buchhaltung ihr Mann Istvan zuständig war, der gewissenhaft alles vermerkte, was seine Frau den lieben langen Tag über eingenommen und ausgeteilt hatte, ohne dabei sich selbst zu über- und die Gäste auszunehmen. Womit weiter nicht gesagt sein soll, dass es im Café Sisi zu irgendwelchen Unregelmäßigkeiten gekommen wäre. Womit im Grund gar nichts gesagt, sondern nur erklärt sein soll, warum die junge Frau Sandor sich über die Spendierfreudigkeit der alten Frau Calloni wunderte. Und über das hohe Trinkgeld, das diese ihr heute gab.

Noch mehr wunderten sich nur die Damen Vrabec und Haberhauer. Nein, nicht über die Einladung, die hatten sie mittlerweile verdaut. Sondern darüber, dass Mitzi Calloni, als sich alle drei von ihren Sesseln erhoben, sagte: „Geht ihr nur, ich muss noch was überprüfen."

Was das war, wollte sie um keinen Preis verraten, fuchtelte nur mit ihren Händen, damit die Freundinnen sie endlich alleine ließen.

Oder eben nicht alleine, weil Frau Calloni, nachdem Gerti Haberhauer und Lise Vrabec gegangen waren, gut gelaunt an den Tisch trat, an dem schon die ganze Zeit schweigend Herr Hirschhauser saß, und frech erklärte, wie sehr sie sich doch freue, den Herrn Binsen wiederzusehen, noch dazu hier im Café Sisi, wo sie ihn gar nicht erwartet habe. Nein, was für ein Zufall aber auch! Sie dürfe doch? Und ohne eine Antwort auf ihre nicht einmal rhetorische Frage abzuwarten, nahm sie auf dem Sessel neben Alois Hirschhauser Platz.

Da schaute Petra Sandor noch verwunderter als vorher hinter der Theke hervor. Mitzi Calloni aber sah sich bestätigt: Der Herr hatte sie weder früher noch jetzt im Café Sisi bemerkt. Offenbar konnte er sich überhaupt nicht an sie erinnern, denn er blickte sie nur aus trüben Augen an und fragte: „Entschuldigen Sie, gnädige Frau, aber kennen wir uns?"

Das ärgerte die Mitzi Calloni dann doch ein bisschen. Das war sie nicht gewohnt, dass einer sich so gar nichts aus ihr machte, selbst auf ihre alten Tage nicht.

„Aber, Herr Binsen", sagte sie und verpasste die Gelegenheit, das Spiel mit dem falschen Namen aufzugeben, „natürlich kennen wir uns. Wir sind uns auf dem Friedhof begegnet. Und letzte Woche ..."

„Sie irren sich, Gnädigste, Sie kennen mich nicht. Ich heiße nämlich nicht Binsen, ich ..." Er stockte. Der Name der verstorbenen Hildegard hatte ihm einen Stich versetzt und ihn aufmerken lassen. Wieso dachte diese Frau, die im Übrigen in einen Farbkübel gefallen sein musste und zu allem Übel auch noch duftete wie ein ganzer Strauß Chrysanthemen, dass sie einander kannten? Schlecht gefärbt waren ihre Haare außerdem. Und da brach das Orange der Calloni doch durch die Dämmerung seines Geistes. Richtig, die Frau auf dem Friedhof!

Nun hätte Alois Hirschhauser zwar verbergen können, dass ihm dank ihrer Haarfarbe ein Licht aufgegangen war, aber Unehrlichkeit war noch nie seine Sache gewesen. Dabei hatte er sich immer unwohl gefühlt. Um sich unwohl und damit überhaupt irgendwie zu fühlen, fehlte ihm aber die Kraft. Die war zur Gänze in die Trauer um Hildegard geflossen und mit ihr begraben worden. Nicht weg, aber zugeschüttet.

„Das ist ungesund", hatte seine Enkelin Elfi beim letzten Besuch gesagt. „Es wird früher oder später wieder aufbrechen."

Das gute Kind. Alois Hirschhauser lächelte vor sich hin. Wer wusste, ob er dieses *früher* überhaupt noch erleben würde. Vom *später* ganz zu schweigen. So mutterseelenallein, wie er jetzt war.

Dabei war er gar nicht allein, jedenfalls in diesem Moment nicht. In diesem Moment ebenso wie in den vergangenen Momenten, die verstrichen waren, seit sie ihn so dreist angesprochen hatte, saß Mitzi Calloni neben ihm. Der wurde dieser still vor sich hin lächelnde Mann langsam ein bisschen unheimlich, obwohl es doch andersherum hätte sein müssen.

Aber sie setzte alles auf eine Karte und fragte sehr liebenswürdig: „Darf ich Sie auf einen Kaffee einladen, Herr Hirschhauser?"

Damit hatte sie ins Schwarze getroffen. Nicht etwa, weil Herrn Hirschhauser hätte auffallen müssen, dass sie seinen richtigen Namen sehr wohl kannte. Sondern weil es in seiner Welt undenkbar war, dass eine Dame oder auch nur eine Frau vom Format der Mitzi Calloni einen Herrn auf egal was einlud. Und weil das Café Sisi mit zu Herrn Hirschhausers Welt gehörte, lud er seinerseits Frau Calloni, die sich ihm – noch einmal? – mit Namen vorstellte, ein. Was sie der Peinlichkeit enthob, zugeben zu müssen, dass sie ihre letzten Euros für die Freundinnen Lise und Gerti ausgegeben hatte. Und für Petra Sandor.

Sie hatte eben Glück im Leben, auch wenn es dafür mitunter drei Anläufe brauchte.

Muttertage

Der April ging seinem Ende entgegen. Nicht nur das Schuljahr war fortgeschritten, geradezu davongelaufen, sodass Maria Liliencron Mühe hatte hinterherzukommen. Gott, wie schnell die Zeit verging, dachte sie. Wie sollte das erst werden, wenn sie alt war? Weil die Zeit im Alter ja angeblich noch schneller verging. Obwohl das vielleicht nur daran lag, dass die Vergangenheit des Menschen im Vergleich mit seiner noch zu erwartenden Zukunft mehr und mehr Raum oder Zeit einnahm. Und die Gegenwart war ohnehin immer schon inexistent gewesen, weil gar nicht zu fassen, gerade noch Zukunft, gleich danach jedoch schon Vergangenheit, sodass im Hier und Jetzt leben zu wollen eine sehr zweifelhafte Angelegenheit war. Es gab nur das, was man getan hatte, und die Konsequenzen, die man deswegen würde tragen müssen.

Vielleicht also deshalb der mehr oder weniger versöhnliche Blick auf die Vergangenheit, in der sich das eigentliche Leben abgespielt hatte, weil man da noch alle Hoffnungen auf die Zukunft geschoben hatte, die aber jeglichen Glanz verlor, sobald sie auf dem Weg zur Vergangenheit die Gegenwart passierte, bevor sie selbst zur Vergangenheit wurde. So gesehen umfasste die Vergangenheit die einzige Zukunft, die der Mensch – besonders der alte Mensch – hatte. Oder eigentlich gehabt hatte.

In Maria Liliencrons Kopf drehte sich alles. Nein, vielmehr drehte sich die Welt um ihren Kopf herum, die gegenwärtig aus dem Gang des Bad Auer Gymnasiums bestand. Es drehte sich Maria Liliencron selbst und hätte um ein Haar das Gleichgewicht verloren. Sie musste sich setzen.

„Du, bring mir einen Sessel, schnell", sagte sie zum erstbesten Schüler, dessen sie in ihrem Taumel ansichtig wurde.

Der Bub, sicherlich noch keine vierzehn Jahre alt, stolperte hastig in das Klassenzimmer, in das er ohnehin gerade gehen wollte, und kam mit einem Sessel sowie drei Schülerinnen im Schlepptau zurück. Maria Liliencron hatte die wenigen Sekunden an der Wand Halt gesucht. Jetzt ließ sie sich auf den Sessel sinken, umringt von vier Halbwüchsigen, die sie zugleich neugierig und erschrocken ansahen.

„Danke", sagte sie zu dem Buben und fügte, als die Schüler keine Anstalten machten, in ihren Klassenraum zurückzukehren, hinzu: „Geht schon wieder."

Was eine Lüge war, weil gar nichts mehr ging oder auch nur verging. Nicht von selbst jedenfalls. Außer der Zeit. Die verging von selbst, und das auch noch viel zu schnell. Maria Liliencron hätte bereits in der 5b sein sollen. Es hatte vor drei Minuten zur sechsten Stunde geläutet.

„Du", rief sie dem Buben hinterher, als dieser schließlich doch in seiner Klasse verschwinden wollte, „nimm den Sessel wieder mit. Du wirst ihn brauchen."

„Ich nicht, nur der Max", erwiderte der Schüler, kam aber zurück, um den Stuhl des Mitschülers wieder an seinen Platz zu stellen.

Maria Liliencron stellte sich auch wieder auf die eigenen Beine, unsicher noch, aber sie hatte Maxens Sessel nicht noch länger okkupieren wollen. Zumal gerade Kollegin Binder um die Ecke huschte, Maria Liliencron kurz zunickte und im selben Klassenraum wie die vier Schüler und der Sessel des unbeteiligten Max verschwand.

Die junge Lehrerin atmete auf, fühlte sich zugleich aber sehr alt. Zu alt eigentlich für das, was vor ihr lag. Aber vielleicht erklärte dieses gefühlte Alter auch, warum ihr die Zeit durch die Finger zu rennen, nein, zu rinnen schien. Oder umgekehrt, wie es eigentlich natürlich gewesen wäre: zuerst die Zeit, die verrann, und dann das Alter, das sich bemerkbar machte.

„Bist du okay, Maria?", fragte jemand hinter ihr.

Die Lehrerin wandte sich um. „Danke, Diana, es geht schon wieder. Muss gehen", sagte sie zu der etwa Gleichaltrigen, die sie sofort an ihrer dunklen Stimme erkannt hatte.

„Gar nichts muss", entgegnete Diana Martin, Putzfrau am Gymnasium in Bad Au und wie üblich mit Gummihandschuhen, Kübel und Wischmob bewaffnet. „Wenn's dir nicht gut geht, geh nach Hause und erhol dich."

„Kann ich nicht, ich muss in die 5b. Bin eh schon spät dran", gab Maria Liliencon ein wenig forsch zur Antwort.

Diana Martin sagte nichts, sah der Lehrerin nur besorgt nach, wie sie mit unsicheren Schritten durch den Gang davonging. Sie hätte gerne einmal wieder mit Maria Liliencron geplaudert, so von Frau zu Frau beziehungsweise Freundin. Aber obwohl sie einander auf Anhieb sympathisch gewesen waren und sich im Winter aufgrund gewisser Gemeinsamkeiten beinahe angefreundet hatten, hatte Maria Liliencron sich wieder zurückgezogen. Als hätte sie plötzlich Standesdünkel, Hemmungen, sich als Angehörige des Lehrkörpers mit einer Angehörigen des Reinigungspersonals abzugeben. Das mochte Diana zwar nicht glauben, aber eine andere Erklärung fiel ihr nicht ein.

Während Maria Liliencron vierzig Minuten lang versuchte, die Schüler der 5b für das in eine Novelle gepresste, dramatische Schicksal der kleistschen Marquise von O. zu begeistern oder wenigstens zu interessieren, stellte sie fest, dass sie sich geirrt hatte: Die Zeit konnte auch anders, nämlich auf die Bremse steigen und sich wie der Kaugummi von Tobias in der hintersten Bankreihe in die Länge ziehen. Was bewies, dass Zeit relativ war. Da brauchte es keinen Einstein dazu. Oder war der Raum relativ? Oder die Masse? Ihre eigene Masse kam Maria Liliencron jedenfalls relativ schwer vor, als sie mit dem Pausenläuten mühsam vom Lehrersessel, der um keinen Deut bequemer als die Sessel der Schüler war, aufstand, kurz an den Tisch geklammert stehen blieb, damit die Sterne, die hier nichts verloren hatten, aus ihrem Blickfeld verschwanden, und dann ihre Sachen zusammenpackte. Was zum Glück nicht viel war, weil Kleists Marquise leicht in einem Reclambändchen Platz fand. Maria Liliencron war froh, wenigstens nicht viel schleppen zu müssen, als sie sich langsam auf den Weg zurück ins Lehrerzimmer machte.

Für sie war es die letzte Unterrichtsstunde an diesem Tag gewesen und sie hätte sich auf einen entspannenden und erholsamen Nachmittag freuen können, wäre da nicht die versprochene Shoppingtour mit Tochter Iris gewesen. Das Mädchen brauchte dringend neue Hosen. Und weil Kindern oder Jugendlichen in diesem Alter nicht zu trauen war, musste Maria Liliencron mit, um dafür zu sorgen, dass Iris ihr ganzes, sich erst zart rundendes Hinterteil in den

neuen Hosen unterbringen konnte, der Schritt nicht in den Knie-
kehlen hing und umgekehrt die Kniescheiben nicht aus von durch-
geknallten Designern geschnitzten Löchern ins Freie blitzten. Mit
anderen Worten: Maria Liliencron wollte ihre Tochter Iris sicherheitshalber auf den Einkaufsbummel begleiten, damit das Mädel
mit ganz normalen Hosen nach Hause kam. Falls es so etwas außerhalb von Second-Hand-Läden überhaupt noch gab.

Außerhalb von Second-Hand-Läden und außerhalb von Bad
Au, denn Maria Liliencron hatte ihrer Tochter eine ausgedehnte
Einkaufstour im zwanzig Kilometer entfernten Shoppingcenter
versprochen. Wenn sie dann heimkäme, warteten noch die Haus-
übungstexte der 3a darauf, von ihr korrigiert zu werden. Das war
nämlich der Nachteil daran, wenn man Schüler zu Hause arbeiten
ließ: dass man genauso gezwungen war, zu Hause zu arbeiten. Oder
im Lehrerzimmer, was aber den gravierenden Nachteil mit sich
brachte, dass dort potenziell rund vierzig andere Lehrer waren, die
etwas von einem wollen oder einen auch nur mit ihrem Geplapper
ablenken konnten. Zu Hause war nur Iris – und auch das nicht so
oft, weil es da ja noch den Nachmittagsunterricht, den Malkurs, die
Großeltern und die Freundinnen gab. Und sobald Iris sieben Nach-
mittage pro Woche außer Haus verbringen würde, wüsste Maria
Liliencron, dass es auch noch einen Freund gäbe, was dem ruhigen
Arbeiten natürlich nicht mehr so förderlich wäre. Dann würde die
schöne Stille im Haus wahrscheinlich dadurch getrübt, dass Maria
Liliencron sich Sorgen machte. Weil man doch nicht wissen konnte, wie der junge Mann – und darauf hoffte man als Elternteil einer
jugendlichen Tochter im Grunde schon – hinter der coolen Fassade
wirklich war.

Aber bis es so weit war, sagte sich Maria Liliencron, dauerte es
hoffentlich noch ein paar Jahre. Und da sie der Tochter nie von
den eigenen Abenteuern erzählt hatte, konnten die mütterlichen
Dummheiten das Mädchen höchstens insofern zu ähnlichem Verhalten anstacheln, als sie selbst das – heiß geliebte! – Ergebnis einer
solchen Dummheit war. Aber Iris war gerade einmal zwölf, dafür
hatte sie noch sieben Jahre Zeit, mehr als die Hälfte ihres bisherigen
Lebens. Und selbst dann – nicht.

Als Maria Liliencron das Lehrerzimmer verließ, lief sie abermals
Diana Martin über den Weg. Das heißt, eigentlich war es die Putz-

frau, die lief, während Maria Liliencron sich immer noch recht langsam fortbewegte.

„Tschüss, Maria, und einen schönen Nachmittag", sagte Diana Martin und hastete eilig weiter, um die sichtlich erschöpfte Lehrerin nicht davon abzuhalten, ihrerseits nach Hause zu gehen. Und weil sie sich nicht aufdrängen wollte. Und überhaupt.

Eine Woche danach drängte sie sich allerdings doch auf, denn da schaute Maria Liliencron wieder mal ziemlich geschafft aus der Wäsche. Aber weil sie es für diesen Tag geschafft hatten – die Putzfrau das Saubermachen und die Lehrerin den Unterricht –, hielt Diana Martin Maria Liliencron am frisch geputzten Gang auf.

„Maria, irgendetwas ist nicht in Ordnung."

„Vieles ist nicht in Ordnung, liebe Diana", seufzte die Lehrerin. „Schau dir zum Beispiel das mit den Skikursen an. Die Schüler aus den sozial schwachen Familien ..."

„Maria, mich interessieren nicht die Skikurse, vor allem nicht Anfang Mai. Die können es nicht sein, was dir Sorgen macht."

Da musste Maria Liliencron zugeben, dass die Skikurse Schnee von gestern waren und außerdem nicht ihre Sache, weil sie als alleinerziehende Mutter als Begleitlehrerin sowieso nicht infrage kam. Wer hätte sich in dieser Woche, in der sie einen Haufen Schüler im Zaum oder wenigstens am Leben zu halten trachtete, um Iris gekümmert? Das hatten bisher sämtliche Direktoren des Bad Auer Gymnasiums eingesehen. Das heißt, der alte Professor Dippelbauer hatte es eingesehen. Die für die diesjährigen Schulskikurse zuständige Direktorin Glaunigg-Althoff hatte Maria Liliencron beziehungsweise ihre Akte als psychisch krank kennengelernt. Vorübergehend psychisch krank, wie auch die Direktorin selbst nur vorübergehend die Leitung der Schule innegehabt hatte. Aber so jemanden schickte man nicht so mir nichts, dir nichts aus dem Krankenstand auf die Piste. Und im nächsten Jahr würde Maria Liliencron erst recht nicht auf Skiwoche fahren. Dafür hatte der neue übergangsmäßige Direktor Alfred Kuntz schon gesorgt.

„Es läuft auch sonst nicht gut", gestand Maria Liliencron. „Aber das wird schon wieder. Der lange Krankenstand war halt ein Fehler, den habe ich noch nicht ganz verarbeitet."

Das glaubte Diana Martin nicht. Sie hatte die Lehrerin im Winter kennengelernt, nachdem sie aus dem mehr als drei Monate dauernden Krankenstand zurückgekommen war. Und da war mit ihr alles in Ordnung gewesen, von mangelnder Verarbeitung keine Spur. Diana Martin musste das wissen. Sie war gut im Aufspüren von Spuren. Fast so gut wie im Verstecken derselben. Das hätte Maria Liliencron jetzt vielleicht helfen können, aber sie befand sich noch in der Phase, in der sie versuchte, alles selbst unter den Teppich zu kehren. Dass sie damit gerade Diana Martin nicht täuschen konnte, lag eigentlich auf der Hand.

„Maria, wenn du's mir nicht erzählen willst, ist das in Ordnung. Aber bitte sprich mit irgendjemandem darüber. Du klappst uns hier sonst noch zusammen. Und ich muss den Dreck dann wegputzen", fügte sie mit einem Augenzwinkern hinzu.

Maria Liliencron sah Diana zweifelnd an. Die packte Tücher, Chemikalien und Kübel auf den Putzwagen, wünschte der Lehrerin einen schönen Nachmittag und entfernte sich scheppernd.

Sie hatte recht, dachte Maria Liliencron und meinte damit Diana Martin. Nur – mit wem sollte sie sprechen? Traude Kranzlbauer hing mehr denn je in der Vergangenheit fest. Die Eltern waren in diesem Lebensabschnitt wahrhaftig nicht mehr für derlei Dinge zuständig, wobei sie es auch schon früher nicht hatten sein wollen. Und Tochter Iris war definitiv die falsche Person. Die kannte ja nicht einmal die eigene Entstehungsgeschichte. Fred vielleicht? Der hatte sicherlich auch am Nachmittag alle Hände voll zu tun und kein offenes Ohr für ihre Anliegen. Obwohl … irgendwann musste sie ohnehin mit ihm reden, da konnte es auch heute sein. Jetzt sofort. Doch da zeigte sich, dass das mit der Gegenwart wirklich eine verflixte Sache war. Denn hatte Maria Liliencron nach Diana Martins Abschied auf dem Gang den festen Vorsatz gefasst, in der unmittelbaren Zukunft der kommenden fünf, maximal zehn Minuten mit Direktor Kuntz zu sprechen, bat dieser sie schon nach ihren ersten Worten darum, ihn heute ausnahmsweise nicht in Beschlag zu nehmen, weil er einen dringenden Anruf erwarte. Da könne er sich ohnehin auf nichts anderes mehr konzentrieren. Maria Liliencron fühlte sich an die Situation vor ein paar Wochen erinnert und verließ wütend und enttäuscht die Direktion.

Auf dem Gang begegnete sie der Kollegin Zeppezauer, die sich ebenfalls gerade anschickte, das Schulgebäude zu verlassen.

„Wir brauchen einen neuen Direktor", schimpfte Maria Liliencron, bevor die Kollegin noch ein Wort sagen konnte.

Cäcilia Zeppezauer sah sie erschrocken an. „Alles in Ordnung?", fragte sie vorsichtig.

„Du bist heute schon die Zweite, die mich das fragt. Und nein, es ist nicht alles in Ordnung. Unser Herr Direktor weigert sich ganz einfach, mit mir zu reden. Hat immer anderes, Wichtigeres zu tun. Warum hat er den Job überhaupt, wenn er damit überfordert ist?"

„Na ja, weil Frau Glaunigg-Althoff ...", setzte Cäcilia Zeppezauer an.

„Ja, ja, ich weiß. War vielleicht ein Fehler, dass die so schnell das Handtuch geworfen hat", sagte Maria Liliencron erregt. „Warum ist sie eigentlich nicht mehr hier?"

„Sie wurde zwecks Schadensbegrenzung entfernt", gab die Kollegin nur scheinbar emotionslos zur Antwort.

„Verstehe", sagte Maria Liliencron, obwohl sie eigentlich gar nichts verstand. Aber es interessierte sie auch nicht so brennend, weil sich der größte Teil dieser unsäglichen Geschichte während ihrer Abwesenheit abgespielt hatte.

Aber die Schule hinter sich zu lassen, war keine schlechte Idee, sofern es freiwillig geschah, fand sie. Sie verabschiedete sich von Cäcilia Zeppezauer, die nachdenklich auf dem Gang zurückblieb, stieg in ihr Auto und machte sich auf den Heimweg ins acht Kilometer entfernte Scharndorf. Wieder ein Unterrichtstag vorüber.

Maria Liliencrons Heimweg führte am Fliedergrund vorbei, wo von Flieder allerdings weit und breit nichts zu sehen war. Das war der erste Schritt bei der Verwirklichung des Bauvorhabens gewesen: dass man die zahllosen Fliederbäume abgeholzt hatte, weil sich unter solchem Gestrüpp, das die Bezeichnung *Baum* gar nicht recht verdiente, keine Baugrube ausheben ließ. Weil allein die Baufahrzeuge Schwierigkeiten gehabt hätten, überhaupt auf das Gelände zu kommen. Darum hatten die Fliederbäume oder -büsche weichen müssen.

Der Klügere gibt nach. Ein weiser Spruch, der so weise gar nicht ist, weil er, wie eine tatsächlich weise Frau einmal geschrieben hat, die Weltherrschaft der Dummen begründet – ein gar nicht so weiser Spruch also, der im Falle des Fliedergestrüpps nicht einmal zutraf, musste der Flieder doch vorderhand deshalb nachgeben, weil er gegenüber den Motorsägen der eindeutig Schwächere war. Was den Motorsägen herzlich egal war und nicht einmal den Männern, die sie bedienten, auffiel. Was sie da fällten, fiel ihnen nämlich nicht auf, fiel nur zu Boden, und das auch noch in völliger Anonymität, sprich: unerkannt. Was mit dem Baubeginn im März zusammenhing, als der Flieder gerade erst Knospen anzusetzen begonnen, aber natürlich noch lange nicht geblüht hatte. Und einen nicht blühenden Flieder erkannten als solchen halt nur Botaniker, was Motorsägenmänner in aller Regel nicht waren. Wenn schon, dann waren sie Antibotaniker.

Doch jetzt hätte man den Flieder als Flieder erkennen können, ja, sogar müssen, hätten die erwähnten Motorsägenmänner etwas von ihm übrig gelassen. Zu erkennen waren für Maria Liliencron hingegen lediglich Baugruben. Und Baufahrzeuge und vereinzelt Bauarbeiter. Die sah sie. Aber weil sie gerade an den Muttertag am nächsten Sonntag dachte, sah sie auch, was nicht da war. Der Flieder. Mit dem Muttertag hatte das insofern zu tun, als Maria Liliencron an jedem solchen Feiertag mit einem Strauß Flieder überrascht wurde. Natürlich nicht wirklich, also nicht wirklich überrascht, weil regelmäßig eintretende Dinge ja nur Menschen mit einem extremen Kurzzeitgedächtnis überraschen konnten. Aber als brave Mama tat sie jedes Mal überrascht, freudig überrascht, obwohl sie es nicht einmal beim ersten Fliederstrauß gewesen war. Was damit zusammenhing, dass ihr Schlafzimmerfenster auf den Garten hinausging, eine anständige Mutter wie Maria Liliencron schon lange vor dem Nachwuchs wach war und am Muttertag daher mehr oder weniger geduldig im Bett warten musste, bis sie endlich von der geliebten Tochter geweckt wurde.

Sie hatte Iris, als diese neun Jahre alt gewesen war, dabei beobachtet, wie sie über den Zaun in den Nachbargarten geklettert war. Dort wuchs ein Fliederstrauch. Zum Glück nicht Flieder*baum*, denn dann hätte die neunjährige Iris nicht zu seinen Blütenkerzen hinaufgelangt. Mit einer Gartenschere, die das gewiefte Mädchen mitgenommen hatte, hatte es rasch einige violette Kerzen abgeschnitten und der erwartungsgemäß überraschten Mutter zusammen mit der obligatorischen Karte überreicht. Ebenso in den folgenden Jahren, in denen die heimliche Beobachtung ihrer heranwachsenden Tochter Maria Liliencrons größte Muttertagsfreude gewesen war. Deshalb wusste sie also auch, dass der Flieder jetzt, ein oder zwei Wochen vor dem Muttertag, in voller Blüte hätte stehen müssen. Sonst hätte das Töchterchen nicht in Nachbars Garten einzudringen brauchen. Einen Fliederbaum gab es bei Liliencrons nämlich auch. Doch wie bei den meisten seiner Konsorten waren seine Blüten am Muttertag meist schon verwelkt. Nur der Strauch des Nachbarn war zuverlässig ein bisschen später als die anderen dran, sodass er auch noch in Blüte stand, wenn der Muttertag nicht auf den frühestmöglichen Termin fiel.

Maria Liliencron tat es leid um die Fliederbäume auf dem Fliedergrund, der seinen Namen jetzt notgedrungen verlieren musste. Obwohl – mitunter hielten sich die alten Flurnamen bis in die graue Gegenwart hinein, sodass kein Mensch mehr zu erklären vermochte, warum eine mitten in der Stadt gelegene Straße *Auf der Alm* oder *Zur Hutweide* hieß. Maria Liliencron wäre es andersherum lieber gewesen. Sie hätte ganz gut damit leben können, wenn das Areal mit den blühenden Fliederbüschen in *Gewerbepark* oder *Eigenheimparadies* umbenannt worden wäre, ohne dass sich der neue Name in irgendeiner Art sichtbar manifestiert hätte. Aber auf so eine Idee war noch keine Stadtverwaltung gekommen.

Es war der Gedanke an den Muttertag gewesen, der Maria Liliencron die Kraft gegeben hatte, es noch einmal mit, nein, bei Alfred Kuntz zu versuchen. Dieses Mal hatte sie sich nicht abwimmeln lassen, sondern sich in den Sessel neben dem Schreibtisch des Herrn Direktor gesetzt. Dort war sie geblieben und hatte sich nicht vom Fleck gerührt, bis der Herr Direktor geruht hatte, mit ihr zu sprechen, und zwar nicht nur: „Ich bitte dich, Maria, nicht heute. Ich habe mehr als genug um die Ohren."

Dem ersten Punkt hatte Maria Liliencron entschieden widersprochen beziehungsweise hatte sich stur widersetzt und keinen Zentimeter bewegt. Dem zweiten Punkt stimmte sie insgeheim zu.

Und jetzt saß sie seit mehr als einer Stunde im Büro des Direktors. Seit beinahe einer Dreiviertelstunde redeten die beiden intensiv miteinander. Das Gespräch hatte von seiner Ursache zum konkreten Anlass gewechselt, der da wäre: das Bauprojekt auf dem Fliedergrund.

„Da wird wieder ein Stück Natur vernichtet, anstatt dass man es zum Naherholungsgebiet macht und so unseren Kindern erhält", sagte Maria Liliencron gerade. „Aber an einem Naherholungsgebiet verdient die Stadtgemeinde eben nichts."

„Die Stadtgemeinde verdient auch an der Reihenhaussiedlung nichts", wandte Alfred Kuntz ein. „Im Gegenteil. Die steckt fleißig Geld hinein. Ist fraglich, ob das durch den Verkauf der Häuser überhaupt wieder hereinkommt."

„Aber sicher. Bei den Immobilienpreisen mache ich mir keine Sorgen."

„Ich bin mir da nicht so sicher. Weißt du, was so ein Haus kostet?"

„Natürlich nicht. Derweil gibt's ja auch noch gar keine Häuser, sondern nur Gruben. Und über das Grubendasein sind sogar unsere Sandler schon hinaus. Die leben lieber unter der Brücke", sagte Maria Liliencron hörbar sarkastisch.

„Unter den Bad Auer Brücken leben keine. Für die bezahlt die Stadtgemeinde nämlich ein feines Wohnheim", erklärte Alfred Kuntz.

„Echt? Wo?", tat Maria Liliencron erstaunt.

Alfred Kuntz nannte die Adresse, woraufhin sich die Lehrerin vor Lachen schier ausschütten wollte. Obwohl sie die Sache alles andere als lustig fand. „Diese Bruchbude kannst du nicht allen Ernstes als Wohnheim bezeichnen. Das ist bestenfalls ein Dach über dem Kopf, aber ich würde es schon nicht mehr wagen, von vier Wänden zu sprechen."

„Kostet alles Geld. Und sollen diese Obdachlosen", sagte Alfred Kuntz in Missachtung der Tatsache, dass Maria Liliencron das Dach des Wohnheims als einzigen Bauteil anerkannt hatte, „sollen diese Obdachlosen, die du so abwertend als Sandler bezeichnet hast, vielleicht in einer Luxusvilla am Birkenhügel residieren? Womit hätten sie das verdient, frage ich dich? Mit ihrem asozialen Verhalten vielleicht?"

„Welches asoziale Verhalten?", wollte Maria Liliencron wissen.

„Nichts arbeiten, saufen, ehrbare Bürger anpöbeln. Such dir was aus."

„Hast du den Schwachsinn von deinen Freunden von der Bürgerliste? Entschuldigung, von der *ehrbaren* Bürgerliste?"

„Du brauchst dich gar nicht über uns lustig machen. Wir tun

immerhin etwas für die Bevölkerung. Wir opfern unsere Freizeit, um …“

„Um kräftig abzukassieren“, warf Maria Liliencron ein.

„Was soll das schon wieder heißen, bitte schön?“ Langsam verlor Alfred Kuntz die Geduld mit dieser Frau. Musste an den Hormonen liegen. Die waren unberechenbar.

„Das heißt, dass ich euch, dir noch weniger als deinen feinen Freunden von der Stadtregierung – dass ich euch nicht abnehme, dass ihr eure wertvolle Freizeit und manche sogar ihr wertvolles Berufsleben dem uneigennützigen Dienst an der Bevölkerung, egal, ob in Bad Au oder anderswo, widmet. Dafür bekommt ihr sicherlich alle eure Leckerlis, je nach Rang und Namen, der eine mehr, der andere weniger. Für die Normalsterblichen, also für die Bevölkerung, der ihr angeblich dient, bleibt da nichts mehr übrig“, sagte Maria Liliencron.

„Genau, es bleibt nichts mehr übrig“, stimmte Alfred Kuntz ihr überraschend zu. „Und zwar deshalb, weil wir in diesem beschissenen Sozialstaat all die asozialen Elemente mitfinanzieren müssen. Ja, ich meine deine Sandler, die wir von der Straße holen und denen wir Wohnungen zur Verfügung stellen. Ich meine genauso aber auch die Arbeitsscheuen, die sich bei der Arbeitssuche beide Hände vor die Augen halten, damit sie nur ja keinen Finger krümmen und etwas zum Gemeinwohl beitragen müssen. Ich meine all die Zartbesaiteten, die ein Burnout vortäuschen, weil sie die Lust am Arbeiten verloren haben und es sich lieber monatelang im psychisch bedingten Krankenstand gut gehen lassen.“

Damit war Alfred Kuntz zu weit gegangen, er spürte es selbst. Aber das war allein Marias Schuld. Sie hatte ihn provoziert. Und tat es weiter.

„Zählen wir noch die Mütter dazu, die es wagen, nicht nur in Mutterschutz, sondern danach womöglich noch in Karenz zu gehen, anstatt ihre Kinder schon mit ein paar Monaten in private Kitas zu stecken und damit die Wirtschaft anzukurbeln. Und die Alten, die sich nach einem harten Arbeitsleben tatsächlich einmal ausruhen wollen, weil die Lunge es sowieso nicht mehr packt. Nicht zu vergessen die Jugendlichen, die sich nicht von ihren Lehrherren zur Sau machen lassen wollen und jegliche Perspektive verloren haben.“ Maria Liliencron schnappte nach Luft.

Alfred Kuntz nutzte diesen Moment, um mit der Klage auf seine Weise fortzufahren. „Richtig, liebe Maria, all diese Leute bezahlt der Staat", sagte er und vergaß, dass er selbst nicht der Staat, ja, nicht einmal die Stadt, sondern nur ein kleines Mitglied einer beinahe ebenso kleinen, in Bad Au jedoch tonangebenden Bürgerliste war.

Maria Liliencron hatte es nicht vergessen. „Du bist nicht der Staat", sagte sie darum.

„Nein", gab Alfred Kuntz zu, „aber ein wichtiger, weil Steuern zahlender Teil davon. Und ich sage dir, wir können uns diese arbeitsscheuen Sozialschmarotzer nicht leisten."

„Irrtum", entgegnete Maria Liliencron und sprach mit einem Mal wieder ganz ruhig und gefasst. „Wir können uns die Superreichen nicht leisten."

„Bitte? Was willst du damit sagen? Die zahlen im Gegensatz zu den Horden von Sozialhilfeempfängern wenigstens ihre Steuern."

„Wieder falsch. Das heißt, natürlich zahlen sie Steuern, aber nur einen Bruchteil dessen, was sie eigentlich zahlen sollten. Weil sie genug Geld und Beziehungen haben, um Berater zu engagieren, die ihnen den Großteil so gut anlegen, man könnte auch sagen verstecken, dass der Staat überhaupt nichts davon sieht. Und auch gar nichts davon sehen will, bis es sich selbst beim schlechtesten Willen nicht mehr übersehen lässt, weil das ganze Kartenhaus wieder einmal zusammengebrochen ist und die Medien den Skandal ausschlachten. Wenn dann der Steuerzahler für irgendetwas, das nicht der kleine, sondern der große Mann verbockt hat, herhalten muss, werden die Kleinen zur Kasse gebeten, weil die Großen es sich richten können und für die Scheiße, in die sie die anderen geritten haben, noch fette Abfertigungen kassieren", erklärte Maria Liliencron.

„Die Kleinen können gar nicht zur Kasse gebeten werden", griff Alfred Kuntz eine Aussage der Kollegin heraus, „weil sie kein Geld haben. Offiziell zumindest. Inoffiziell pfuschen die eh alle."

„Wenn du es so siehst, hat offiziell überhaupt nur der Mittelstand Geld."

„Hä?" Alfred Kuntz konnte Maria Liliencron nicht folgen.

„Deine Sozialhilfeempfänger haben offiziell kein Geld, weil sie nur inoffiziell pfuschen. Und deine Superreichen existieren gar nicht, weil sie offiziell auch kein Geld haben. Das steckt in Stiftungen und Unternehmen, an die der Staat nicht herankommt.“

„Wieso *meine* Sozialhilfeempfänger und *meine* Superreichen? Du verteidigst doch das arbeitsscheue Pack“, ereiferte sich der Herr Direktor.

„Also gut, meine Sozialhilfeempfänger und deine Superreichen, aber unser Mittelstand, der das alles zahlt und trägt. Dabei müsste er das ganze System als von den Superreichen oder, was mehr zählt, obwohl es meistens zusammenfällt, den Mächtigen zu ihrem eigenen Vorteil gemacht erkennen. Die Superreichen, die sich maßlos überbezahlte Jobs zuschanzen, am besten gleich mehrere davon. Und weil sie damit eh schon mehr Geld bekommen – ich will nicht von *verdienen* sprechen, weil solche Summen kein Mensch verdient –, weil sie dadurch also eh schon mehr Geld kriegen, als ein normaler Mensch ausgeben kann, sichern sie sich zusätzlich noch Vergünstigungen, Privilegien und Boni. Dass dann für die kleinen Angestellten nichts mehr übrig bliebt, ist klar. Die müssen dann halt gehen, werden abgebaut, fallen Einsparungen zum Opfer, nur damit die Großen da oben weiter abkassieren können. So wird uns das erzählt, wenn wieder eine Firma bankrott gemacht hat, nur weil ihre Bosse das Börsel nicht voll genug kriegen konnten. Das Gerede von Konjunktur und Konkurrenzfähigkeit ist dabei genau so wahr wie die mittelalterlichen Versprechungen vom Paradies im Jenseits. Das Märchen von der sozialen, früher meinetwegen göttlichen Gerechtigkeit dient doch nur dazu, die unteren Schichten ruhig zu halten. Und dazu zähle ich auch den Mittelstand als die eigentlich relevante Schicht, denn die ganz unten werden sowieso nicht gehört. Der Mittelstand, sage ich, müsste die Strategie der Reichen und Mächtigen eigentlich durchschauen. Und weißt du was? Er durchschaut sie auch, aber er schluckt die Krot’, wie man so schön sagt, weil er doch immer die Hoffnung hegt, irgendwann die Seite wechseln oder wenigstens vom System profitieren zu können“, sagte Maria Liliencron, die sich vom Sessel neben Alfred Kuntz’ Schreibtisch erhoben hatte und vor den Direktor getreten war.

„Warum erzählst du das alles mir?“, fragte dieser, da er sich mit Argumenten nicht mehr zur Wehr zu setzen wusste. „Rechnest du mich auch zu denen, die unsere Gesellschaft sich nicht leisten kann?“

„Ach, Fred“, sagte Maria Liliencron in beinahe mitleidigem Ton,

„nimm's mir nicht übel, aber du bist in diesem Sumpf ein so kleiner Fisch, dass du eigentlich noch zum Plankton zählst."

Der interimsmäßige Herr Direktor schluckte.

„Aber warum ich es dir erzähle: weil du den Blödsinn, der von oben verzapft wird, glaubst und ihn auch noch selbst vertrittst. Als Direktor und als Mitglied dieser Bürgerliste, die genau wie alle anderen Parteien nur auf den eigenen Vorteil aus ist. Dass ihr im Unterschied zu Schwarz, Rot, Blau noch keinen allzu großen Schaden angerichtet habt, liegt einfach daran, dass ihr bisher gar nicht die Möglichkeit dazu hattet. Eure Macht beschränkt sich auf Bad Au, wo es nicht so wahnsinnig viel zu holen gibt. Aber das Bauprojekt auf dem Fliedergrund scheint mir für euch eine gute Sache zu sein. Irgendjemand verdient da bestimmt nicht schlecht daran."

„Maria, du hast keine Ahnung, wovon du redest", sagte Alfred Kuntz kopfschüttelnd. „Aber da du dich schon mal so selten engagiert zeigst: Was schlägst du vor?"

„Ich habe keine Ahnung", gab sich Maria Liliencron geschlagen und ließ resigniert die Schultern hängen. „Außerdem habe ich eh schon zu viel gesagt", meinte sie dann. Sie drehte sich um und verließ das Büro des interimsmäßigen Herrn Direktor. Tatsächlich hatte sie nur die Hälfte von dem gesagt, was ihr auf dem Herzen lag.

Nachrichten

Inspektor Obermayer saß, was selten vorkam, grübelnd an seinem Schreibtisch, wobei sich die Seltenheit der Situation auf das Grübeln beschränkte, da der Polizeibeamte eigentlich die meiste Zeit hinter dem Schreibtisch verbrachte. Oder wenigstens gerne verbracht hätte, weil er es nicht schätzte, draußen herumlaufen und Strafzettel für Falschparker ausstellen zu müssen. Und etwas anderes fiel in Bad Au kaum jemals in seinen Aufgabenbereich. Randalierende Jugendliche waren hier grundsätzlich unbekannt, die Verkehrsunfälle waren laut Statistik zurückgegangen und von Gewaltverbrechen wollte man in dem idyllischen Kurstädtchen erst recht nichts wissen. Dafür kamen die Leute nicht hierher.

Dass Franz Obermayer heute nachdenklich an seinem Schreibtisch saß, hatte daher auch nichts mit missratenen Jugendlichen, aus der Mode gekommenen Unfällen oder verweigerter Gewalt zu tun, sondern allein mit diesem Bauprojekt auf dem Fliedergrund, das ihn irgendwie zu verfolgen schien. Hatte er darüber nicht sogar schon gelesen? Wann und wo war das nur gewesen? Ein allzu eifriger Leser, egal welcher Zeitung, war er nie gewesen und war es auch jetzt nicht. Eigentlich, überlegte er, konnte er von dem Projekt nur im Café Sisi gelesen haben, wo das Lokalblatt auflag. Oder hatte Thomas Machacek ihn darauf gestoßen?

„Nein, der nicht", entschied der Inspektor. Obwohl es genau genommen egal war, wo er davon gelesen oder gehört oder was auch immer hatte, weil er kurz zuvor höchstpersönlich auf der Baustelle am Fliedergrund gewesen war. Wahrscheinlich war ihm die ganze Sache überhaupt nur deshalb ein Begriff.

Aber jetzt gab es einen weiteren Grund, also eine Ursache, warum er sich an das Ganze erinnerte. Dass da etwas nicht mit rechten Dingen zugehe, hatte ihm jemand geflüstert, obwohl das Gezeter mit Flüstern nichts mehr zu tun gehabt hatte. Aber man sagte das eben so. Streng vertraulich, versteht sich. Doch seine Informantin hatte seiner langjährigen Erfahrung nach oft recht. Recht nicht im Sinne des Gesetzes, das nicht. Im Gegenteil. Aber mit ihren Vermutungen lag sie nicht selten richtig, was das Zusammenleben mit ihr nicht gerade erleichterte. Und auch das Leben des Inspektors erleichterte es nicht.

Was war das nur mit diesem Bauprojekt? Weshalb gab es da immer wieder Beschwerden, obwohl doch noch kein einziges dieser Reihenhäuser das Licht der Welt erblickt hatte? Lag es nur daran, dass sich etwas verändern würde? Die Menschen hielten Veränderungen im Allgemeinen grundsätzlich für schlecht und beäugten sie misstrauisch. Franz Obermayer hatte dafür vollstes Verständnis. Er selbst hielt es nicht anders. Nur reichte seine Ablehnung oder wenigstens Skepsis gegenüber jeglichen Neuerungen selten dazu aus, aktiv zu werden. Jedenfalls nicht, solange es keine zwingenden Gründe dafür gab. Seine Informantin sah solche Gründe. Und der Zettel unter dem Wischerblatt war vielleicht auch einer. Oder wäre ein Grund gewesen, wenn ...

„Was gibt's Neues, Franz?", fragte Inspektor Machacek gut gelaunt, als er das Dienstzimmer des Kollegen betrat.

„Sag, weißt du was über diese Baufirma, die die Reihenhäuser am Fliedergrund aufstellt?"

Die gute Laune des jüngeren Polizisten schien sich von einem Moment auf den anderen verflüchtigt zu haben. „Wieso?", wollte Inspektor Machacek wissen. In seiner Stimme schwangen Misstrauen und etwas, das auf Überdruss oder Gereiztheit schließen ließ, mit. Franz Obermayer nahm die Nuance wahr, ohne sie jedoch deuten zu können. Nicht einmal benennen konnte er das, was ihm mit einem Mal ein gewisses Unbehagen bereitete.

„Ach, nur so", wollte er das soeben begonnene Gespräch gleich wieder abbrechen, was der Kollege allerdings nicht akzeptierte.

„Wieso?", fragte dieser noch einmal, dringlicher. „Was ist mit dem Fliedergrund?"

In dem kleinen Raum machte sich Spannung breit. Keine angenehme Spannung wie vor dem Fernseher, wenn im Hauptabendprogramm ein eigentlich nur allzu vorhersehbarer Krimi lief. Und auch keine fieberhafte Spannung wie am Sonntagnachmittag beim

Formel-1-Rennen, wenn es darum ging, welche Strategie sich als die in der Boxengasse erfolgreichere erwies. Sondern eine ganz und gar ungemütliche Spannung, von der wenigstens Inspektor Obermayer nicht wirklich wusste, woraus sie erwuchs. Er hatte doch nur wissen wollen ... Nein, genau genommen hatte er gar nichts wissen wollen, weil zu viel zu wissen immer Unannehmlichkeiten mit sich brachte, weshalb von wollen sowieso keine Rede sein konnte. Das Wollen bezog sich allein auf seine Informantin, die ihn so zwar auch nicht wollte, es sich aber in den Kopf gesetzt hatte, dass Franz Obermayer wissen musste. Nämlich um die Machenschaften rund um dieses verflixte Bauprojekt, egal, ob er wollte oder nicht. Und er hatte sich gedacht, dass vielleicht der liebe Kollege Licht in die Sache bringen könnte, weil der mit der Stadtregierung doch auf gutem Fuß stand, während er, Franz Obermayer, lieber hinter dem Schreibtisch saß. Oder noch lieber im Café Sisi, aber das ging halt erst nach Dienstschluss.

Weil sein Nicht-Wissen aber auf unangenehme Weise mit dem Vielleicht-Wissen des Kollegen kollidierte, beschloss Inspektor Obermayer, es vorläufig bei Vermutungen zu belassen. „Die Leute reden eben so, sicher alles nur Gerüchte", wiegelte er ab. „Vergessen wir es. Hat die Bezirksleitung schon die aktuellen Daten bezüglich der Verkehrsunfälle unter Alkoholeinfluss geschickt?"

Thomas Machacek runzelte die Stirn. „Kommen Ende des Monats", entgegnete er scharf. „Wie immer."

„Richtig, wie dumm von mir", sagte Franz Obermayer. „Danke, Tom, das war's dann. Ich wollte dich nicht von der Arbeit abhalten."

Während Inspektor Machacek zögernd das Dienstzimmer des Kollegen verließ, kehrten Franz Obermayers Gedanken noch einmal kurz zu dem Bauprojekt zurück. Bis es ihm reichte. Herrgott noch mal, was ging ihn das eigentlich an? Gar nichts. Man durfte auch als Polizist seine Augen nicht überall haben. Und selbst die Mutter Maria wusste nicht alles.

Dieses Mal sah Inspektor Obermayer den Zettel unter seinem Wischerblatt schon von Weitem. Er hatte nach seinem offiziellen Dienstschluss noch ein paar Minuten in seinem Büro verbracht, wo sein Blick an einer bunten Sammlung leerer Kaffeetassen kleben geblieben war.

„Mit dem Reinigungspersonal ist es auch nicht mehr weit her", dachte er. Die Polizeidienststelle hätte sich seiner Meinung nach ruhig einmal nach einer motivierteren Putzfrau umsehen können. Oder nach einem Putzmann, Inspektor Obermayer war da nicht so. Deshalb griff er nach einer halben Minute, in der er abwog, ob Kaffeetassen in den Geschirrspüler zu stellen mit seinem Rang als Polizeiinspektor vereinbar war, nach den vom Zucker klebrigen Tassen und trottete damit in Richtung Teeküche. Oder eigentlich Kaffeeküche, denn wahrscheinlich hatte in den zwanzig Jahren, die die Bad Auer Polizisten nun schon in diesem Gebäude untergebracht waren, nie auch nur ein einziger von ihnen etwas gebraut, das den Namen *Tee* verdiente. *Kaffee* allerdings auch nicht.

Von dem schmutzigen Geschirr und anderen Aufgaben befreit, war Inspektor Obermayer am späten Nachmittag also auf den Parkplatz der Polizeidienststelle hinausgetreten und in der immer noch strahlenden Maisonne zu seinem Auto gegangen. Und da leuchtete ihm der Zettel bereits entgegen.

Unwillig langte der Inspektor danach. Schon wollte er das Papierchen zerknüllen und ungelesen wegwerfen, weil er nicht noch eine unnötige Aufforderung zu Dingen brauchte, die er lieber ganz von selbst tat beziehungsweise nicht tat. Doch er besann sich eines Besseren. Man konnte nicht gut schlecht erzogene Jugendliche rügen, wenn sie ihre Coladosen auf oder unter den Parkbänken liegen ließen, und dann selbst das Gleiche tun. Obwohl so ein Zettelchen natürlich keine Coladose war. Die Aufschrift einer Cola- genauso wie einer anderen Dose richtete sich ja nicht direkt an Inspektor Obermayer, sondern an jeden Trinker, um ihn über die Menge an Kalorien und anderen Giftstoffen zu informieren, die er mit dem Genuss oder wenigstens dem Konsum des Inhalts zu sich nehmen würde. Oder womöglich schon zu sich genommen hatte, in welchem Fall Hopfen und Malz verloren waren.

Der ungleich kürzere Text auf dem Zettel, den der Inspektor wieder halbwegs glatt gestrichen hatte, wandte sich hingegen direkt an ihn. Wenigstens war dies seine Intention, obwohl die Anrede fehlte. Aber der Gruß oder eigentlich nur der Name, Belinda, und gerade das Fehlen von Anrede und richtigem Gruß ließen in Franz Obermayer keinen Zweifel darüber aufkommen, dass er der wahrhaftige und einzige Adressat des kurzen Schreibens war.

Wenn seine Frau schrieb, dass es später werden würde, war nicht vor dem Abendessen, wahrscheinlich nicht einmal vor Mitternacht mit ihr zu rechnen, besonders nicht am Donnerstag, wo Jakob den Nachmittag beim Fußballtraining und den Abend bei seinem Kumpel Tobias verbrachte. Und da Franz Obermayer nach der Einsamkeit im Dienstzimmer – Thomas Machaceks Ultrakurzbesuch zählte nicht – keine Lust auf noch mehr Einsamkeit hatte, beschloss er, noch nicht sofort nach Hause zu fahren. Zu dumm nur, dass es schon nach fünf war. Da hatte die Werkstatt des Walter Ebendorfer bereits geschlossen. Nun hätte sich Inspektor Obermayer zwar nicht zwingend an die Öffnungszeiten der Werkstatt zu halten brauchen, aber berufsbedingt hielt er nichts von Hausbesuchen, solange kein Durchsuchungsbefehl vorlag.

„Na, Franz, zieht's dich heute gar nicht nach Hause zur lieben Belinda?", fragte Thomas Machacek.

Inspektor Obermayer zuckte zusammen. Er hatte gar nicht bemerkt, dass der jüngere Kollege, den eigenen Autoschlüssel in der Hand, neben ihn getreten war. Und dass das Auto des Kollegen, der heute gleichzeitig mit ihm Dienstschluss gehabt hatte, noch neben dem seinen stand, hatte er auch nicht bemerkt, obwohl doch das, also der gemeinsame Dienstschluss, der eigentliche Grund dafür gewesen war, dass die Kaffeetassen ihren Weg in den Geschirrspüler gefunden hatten. Inspektor Obermayer litt im Allgemeinen nämlich nicht an einem verschärften Ordnungsfimmel. Darunter litt höchstens seine Frau, also vielmehr unter dem nicht vorhandenen Ordnungsfimmel ihres Mannes, wobei sie nicht selten behauptete, dieser hätte nicht nur keinen Ordnungsfimmel, sondern nicht einmal einen Sinn für Ordnung, was für einen Ordnungshüter ihrer Meinung nach zwangläufig zu unliebsamen Situationen führen musste. Franz Obermayer sah das naturgemäß anders, zumal ihn heute ausgerechnet das Wegräumen der benutzten Kaffeetassen in die momentane unliebsame Situation gebracht hatte.

Nun kamen die beiden Kollegen, Obermayer und Machacek, ja nicht grundsätzlich nicht miteinander aus. Im Gegenteil. Man hatte sich arrangiert. Nur in der letzten Zeit waren da irgendwelche unangenehmen Schwingungen aufgetaucht und sogar für Franz

Obermayer spürbar geworden, obwohl der sich nach all den Jahren notgedrungen ein dickes Fell zugelegt hatte. Deshalb, also wegen der aktuellen Spannungen, der Versuch, durch das Aufräumen des Dienstzimmers Zeit zu schinden, um dem spannenden Kollegen nicht auch noch nach Dienstschluss zu begegnen.

„Ich habe noch telefoniert", sagte Thomas Machacek, der Franz Obermayers Schweigen richtig als Verwunderung über das Zusammentreffen eine Viertelstunde nach Dienstschluss deutete.

„Ach so. Und ich muss noch … ins Café Sisi", entgegnete Inspektor Obermayer, womit er die eigene Verspätung allerdings nicht erklärte, sondern bestenfalls in Aussicht stellte, dass es ihn trotz dieser noch nicht nach Hause zog.

„Ach ja", kommentierte Inspektor Machacek die obermayersche Aussage oder Ausrede. Um seinen Mund spielte ein spöttisches Lächeln, das er nicht unterdrücken konnte oder wollte.

Der Ältere bemerkte es und spürte, wie ihm das Blut zu Kopf stieg.

„Ich muss dann mal", sagte der Jüngere und öffnete die Fahrertür seines Wagens, was darauf schließen ließ, dass das unterschlagene Verb *wegfahren* hätte lauten müssen.

Wie oft hatte Belinda dem kleinen Jakob erklärt, dass jedes Modalverb einen Infinitiv erforderte? Natürlich nicht in diesen Worten, weil der Neun-, Zehn-, Elfjährige damit überfordert gewesen wäre. Genauso wie sein Vater übrigens. Aber wenn der Kleine fragte: „Kann ich den Käse?", stellte die Mutter stets die Gegenfrage.

„Kannst du den Käse was? Streicheln? Wegschmeißen? Anmalen?" Franz Obermayer verstand. Mit und ohne Infinitiv.

Nachdem auch er ins Auto geklettert oder eigentlich völlig unelegant geplumpst war, weil er sich bisher noch keinen SUV gekauft hatte, weil er ja auch nicht Golf spielte, jedenfalls nicht mit Walter Ebendorfer, dessen Jungs darum beim Jahresservice nur den Passat Franz Obermayers durchzuchecken hatten – nachdem der ältere Inspektor also in sein Auto geplumpst war, schlug er die Tür zu, startete den Motor und rollte hinter dem Kollegen Richtung Ausfahrt. Dort musste er kurz anhalten – nicht wegen der Stopptafel, sondern um einem von links kommenden Autofahrer nicht den Vorrang zu nehmen, weil das schon der Kollege vor ihm getan hatte. Inspektor Obermayer nutzte die wenigen Sekunden und schnallte sich an. Als

Polizist sollte man immer mit gutem Beispiel voranfahren. Voran zum Café Sisi, was zwar nicht unbedingt Franz Obermayers Absicht gewesen war, aber wenn es ihm gegenüber dem Kollegen schon herausgerutscht war, wollte er seine Worte nicht Lügen strafen.

Er ließ sich Zeit. Nicht, dass er Hemmungen gehabt hätte, auf direktem Wege zu seinem Stammcafé zu fahren, keine Spur. Aber wenn er seine Ankunft noch ein paar Minuten hinauszögerte, konnte er bis zur Sperrstunde in der Kurzparkzone stehen, ohne von übereifrigen Kollegen mit einem Strafzettel bedacht zu werden. Das heißt, sein Auto konnte so lange in der Kurzparkzone stehen, während der Inspektor selbst es sich noch für ein halbes Stündchen im Kaffeehaus bequem machen würde.

Es wurden allerdings nur fünfundzwanzig Minuten daraus, weil direkt vor dem Café Sisi trotz der fortgeschrittenen Tageszeit kein Parkplatz zu bekommen war. Als Inspektor Obermayer nach einem zweiminütigen Fußmarsch das Kaffeehaus betrat – schwitzend, weil die Maisonne gar so warm vom spätnachmittäglichen Himmel strahlte –, wollte er sofort in einem schattigen Eckchen Platz nehmen. Aber dann tat er doch noch ein paar Schritte hin zu dem Tischchen mit den Zeitungen und griff nach dem Lokalblatt. Beinahe verschämt hielt er die Zeitung unter dem Arm und flüchtete damit nun doch in den sicheren Schatten.

Im Vorbeigehen fiel sein Blick auf eine blonde, junge Frau, die ihren Kopf ebenfalls über eine Zeitung beugte. Allerdings bestand die Zeitung aus losen Blättern, deren Papier viel dicker als normales Zeitungspapier war. Es handelte sich um Kopien. Aber um das festzustellen, reichte die Zeit nicht aus, die Inspektor Obermayer hinter Maria Liliencron stand. Ihm stach nur der Titel eines Artikels ins Auge. *Die schwarze Witwe kehrt zurück.* Darunter das Foto einer Frau, die ihm mehr als nur vage bekannt vorkam.

Doch dann saß er auch schon an dem Tischchen im dunkelsten Winkel des Cafés, weit weg von jeder Maisonne, die Hitze oder Erleuchtung hätte bringen können. Der Inspektor hatte beides nicht nötig, fand er. Nötig hatte er lediglich einen Kaffee. Und etwas Süßes, versteht sich.

„Grüß Gott, Herr Inspektor", begrüßte ihn Petra Sandor. „Was darf es heute sein?"

„Eine Sachertorte und ein Verlängerter", sagte Franz Obermayer, fügte aber hinzu: „Bitte, hätten Sie einen Kaffee Hag für mich? Sie wissen schon, das Herz."

Petra Sandor wusste nichts von den Herzensangelegenheiten des Inspektors, ahnte höchstens etwas davon, wenn sie immer wieder einmal liebevoll ein quietschrosa Punschkrapferl für den kleinen Jakob auf einen Pappteller setzte und vorsichtig mit Seidenpapier umwickelte. Aber das hatte mit dem Kaffee Hag wohl herzlich wenig zun.

Weil sie als gute Kellnerin aber über die Bestellung hinaus keine Fragen stellte, saß Inspektor Obermayer wenig später bei Sachertorte und Koffeinfreiem und blätterte die Lokalzeitung durch. Nein, er war nicht plötzlich zum passionierten Zeitungsleser geworden, aber es interessierte ihn doch ein wenig, ob die Redakteure in dieser Woche wieder etwas über das Bauprojekt auf dem Fliedergrund brachten. Was jedoch nicht der Fall war. Stattdessen ging es um den, selbstverständlich erfolgreichen, Saisonstart im Thermalbad, einen Akt von Vandalismus in der Nacht vom 7. auf den 8. Mai, bei dem ein rechtsradikaler Hintergrund vermutet wurde, sowie um die Neueröffnung eines Zentrums für werdende und jüngst gewordene Mütter, wo man ebenso wie frau diverse Kurse von Schwangerschaftsgymnastik bis hin zu Babyschwimmen belegen konnte. Sogar der Nachwuchs war willkommen.

Inspektor Obermayer war froh, dass er das alles hinter sich hatte, die Zeiten als dicklicher Teenager im Freibad genauso wie die Aufnahme der Daten im Fall des Vandalenaktes. Für den Rest hatte er sich nicht zuständig gesehen. Er brachte nur hin und wieder den kleinen Jakob zum Fußballtraining. Sofern der Dienstplan es gestattete. Heute hatte er es nicht gestattet. Glücklicherweise gab es Belinda. Und zur Not, wenn die auch keine Zeit hatte, Dienstautos. Mit Blaulicht am Fußballplatz vorzufahren, gehörte zu Jakobs größten Vergnügen, obwohl oder gerade weil sein Vater sich nur selten dazu hergab. Zu gerne wäre der Kleine einmal mit Sirenengeheul zum Training gekommen, aber das hatte Inspektor Obermayer dann doch verboten. Alles hatte irgendwo seine Grenzen.

Selbst das Café Sisi war nicht unbegrenzt für seine Gäste geöffnet, weshalb Petra Sandor fünf Minuten vor sechs Uhr demonstrativ mit dem Geschirr zu klappern begann, die bereits verlassenen Tische abwischte und die nicht verkauften Tortenstücke aus der Vitrine nahm, um sie über Nacht in den Kühlschrank zu stellen. Da stand, ein bisschen träge, auch Inspektor Obermayer auf, um die Lokalzeitung, in der er seit gut einer Viertelstunde ohnehin nicht mehr gelesen hatte, auf das Zeitungstischchen zurückzulegen. Dabei stolperte er beinahe über Maria Liliencron, die in dem Moment, als er hinter ihr vorbeigehen wollte, ihren Sessel zurückschob und sich ebenfalls erhob.

„Oh mein Gott, das tut mir aber leid, bitte verzeihen Sie", sagte sie erschrocken, als sie mit dem Sessel gegen den Herrn Inspektor stieß.

„Na, na, übertreiben Sie nicht", entgegnete dieser. „Ist ja nichts passiert."

„Nein, jetzt zum Glück nicht", seufzte Maria Liliencron, aber das hörte Inspektor Obermayer schon gar nicht mehr. Im Übrigen ging es ihn auch nichts an.

Maria Liliencron und Franz Obermayer bezahlten an der Theke. Dann verließen sie das Café Sisi. Petra Sandor schloss hinter ihnen ab. Draußen auf der Straße nickte Maria Liliencron dem Inspektor noch einmal kurz zu und ging dann langsam davon. Franz Obermayer nahm die entgegengesetzte Richtung. Sein Auto stand einen Block weiter.

„Das ist doch die Höhe, das darf doch nicht wahr sein", schimpfte er, als er den Zettel unter dem Wischerblatt erblickte. „Ich habe doch extra auf die Uhr geschaut."

Drei Minuten nach halb sechs war es gewesen, weil er noch einmal um den Block gefahren war und dabei geschlagene dreißig Sekunden an der Ampel hatte warten müssen. Nicht einmal die übereifrigsten Kollegen hätten ihm da einen Strafzettel verpassen dürfen. Oder hatte er womöglich vergessen, die Parkscheibe aus dem Handschuhfach zu nehmen und aufs Armaturenbrett zu legen?

Aber es war gar kein Strafzettel, was da an der Windschutzscheibe klebte, nicht im eigentlichen Sinn. Es war eine Nachricht.

Ich habe gesagt, Sie sollen sich raushalten. Tun Sie, was ich sage, oder es sieht schlecht aus mit Ihrer kleinen Familie.

Inspektor Obermayer schluckte. Verstohlen blickte er sich um. Auf der anderen Straßenseite überholte gerade ein junger Mann mit langen Schritten eine alte Frau, die, auf ihren Stock gestützt, nur langsam vorwärtskam. Keiner von beiden achtete auf den Herrn

Inspektor, der verunsichert neben seinem Wagen stand. Er war mehr denn je bereit, sich raus- oder fern- oder sich seinetwegen auch zurückzuhalten, hätte er nur gewusst, wovon. Die Drohung gegen seine Familie ging ihm nahe, da konnte einer sagen, was er wollte. Irgendjemand hatte es aber nicht nur gesagt, sondern auch geschrieben. Zweimal sogar. Nur hätte er sich genauer ausdrücken sollen, dachte Franz Obermayer verzweifelt.

Was machte man in so einem Fall?

„Geh zur Polizei", hätte er jedem anderen geraten. Aber als Polizist beim Kollegen Anzeige wegen einer solchen Lappalie – hoffentlich war es das, eine Lappalie – zu erstatten, wäre in Inspektor Obermayers Augen einer Aufforderung zum Mobbing gleichgekommen. Da hätte er genauso gut in seiner Geburtsstadt bleiben und weiterhin die Lachnummer für seine Schulkameraden abgeben können.

Er schüttelte unwillig den Kopf. Das war vierzig Jahren her, hatte nichts mit dem Fall hier zu tun und musste darum wieder in irgendeine entlegene Region seines Gehirns zurückgedrängt werden. Zusammen mit den anderen unschönen Erinnerungen aus der Zeit der Jugend und danach.

Inspektor Obermayer überlegte für einen Moment, ob er mit Belinda sprechen sollte. Wenn sie von ihrem Shoppingausflug, dem Tratsch mit Freundinnen oder anderem zurückkam. Aber seine Frau wollte er mit dieser Sache vorerst noch nicht beunruhigen. Vielleicht stellte sich doch alles als harmloser Scherz heraus.

Franz Obermayer zückte sein Handy, stieg ins Auto und tat, was er schon lange nicht mehr getan hatte: Er rief seine Mutter an.

Traude Kranzlbauer sah auf die Uhr. Es war kurz nach sechs. Maria Liliencron hatte Verspätung. Das war allerdings nicht der Grund, warum ihre Kollegin und Freundin bereits von dem Altböhmischen Guglhupf genascht hatte. Dem fehlten nämlich schon seit dem Nachmittag zwei Stück. Seit vier Uhr das erste, das zweite seit halb sechs, als von einer Verspätung Maria Liliencrons noch gar keine Rede hatte sein können. Traude Kranzlbauer hatte schlicht und ergreifend nicht widerstehen können, als sie sich mit dem in der Karlsbader Kanne gebrauten Kaffee an den Küchentisch gesetzt hatte, um noch einmal alle Fakten durchzugehen. Der Altböhmische Guglhupf passte einfach zu gut zum Karlsbader Kannenkaffee, als dass er unberührt im – freilich längst ausgekühlten – Backrohr hätte stehen bleiben dürfen.

Frau Kranzlbauer griff zum Messer und schnitt sich ein drittes Stück vom Kuchen ab, auf dass es sie über die verspätete Ankunft der Freundin und Komplizin in diesem Mordfall hinwegtröstete. Oder eigentlich: in diesen Mordfällen, denn natürlich ging es um jene Dame, die einmal in Pförring gelebt hatte. Um sie und ihre drei Ehemänner, die sie als Lebensgefährtin bis in den Tod begleitet hatte. Wobei sie nicht unwesentlich zu diesem Tod oder diesen drei Toden beigetragen hatte, wie Traude Kranzlbauer vermutete. Und der letzte dieser drei Männer und Morde oder wenigstens Tode ereignete sich in Bad Au. Davon war Frau Kranzlbauer aufgrund ihrer akribischen Nachforschungen, die längst nicht mehr nur der Abfassung der erforderlichen Masterarbeit dienten, überzeugt. Nun musste sie nur noch Maria Liliencron davon überzeugen. Das heißt, zuerst Maria, damit die ihr riet, an wem als Nächstes Überzeugungsarbeit zu leisten sei. An der Presse oder gleich der Polizei. Immerhin verjährte Mord nicht, sodass die Geschichte das Interesse beider Parteien wecken musste. Wenn sie sich denn als wahr herausstellte beziehungsweise sich, da sie nach Ansicht Traude Kranzlbauers wahr war, beweisen ließ.

Die Lehrerin nahm einen Schluck Kaffee. Eigentlich hatte sie in den vergangenen drei Stunden schon genug davon getrunken, sogar mehr als genug, nämlich zu viel. Ihre Hände zitterten und das Herz klopfte. Aber sie schob es auf die Aufregung. Es war ja keine Kleinigkeit, einer Freundin und Kollegin die Rekonstruktion eines Dreifachmordes zu präsentieren. Oder sprach man dann schon von Serienmord? Wie viele Mordopfer bildeten eine Serie und welcher maximale zeitliche Abstand durfte zwischen den arrangierten Todesfällen liegen? Wenn die Dame noch in Bad Au lebte – und davon ging Traude Kranzlbauer aus –, würde womöglich bald der Name des nächsten begüterten Mannes auf der Liste der Verstorbenen zu finden sein. Nein, zuerst mussten sein und der Name der Frau noch unter der Rubrik *Hochzeiten* aufscheinen, weil die trauernde Hinterbliebene sonst ja nichts von dem Geld des armen reichen Verstorbenen hätte.

Traude Kranzlbauer kratzte sich den ohnehin schon geröteten Handrücken. Wie aufregend das alles war! Nie zuvor hatte sie die

Bad Auer Lokalzeitung mit solcher Inbrunst nach den Personalia durchforstet. Genau genommen hatte sie sich nie für dieses Blatt interessiert. Die großen Entwicklungen gingen außerhalb des Kurstädtchens vor sich, während die Zeit hier manchmal stehen geblieben zu sein schien. Und wer sich ins Stadtarchiv begab, um dort die Zeitungen des letzten Jahrzehnts und darüber hinaus oder eigentlich danach zurück zu untersuchen, konnte sich tatsächlich im vergangenen Jahrhundert wähnen. Sogar im vergangenen Jahrtausend. Obwohl der Staub auf den Zeitungen glücklicherweise noch nicht so alt war. Traude Kranzlbauer fand es im Gegenteil sogar erstaunlich, wie wenig Staub sie bei ihren Recherchen bisher aufgewirbelt hatte. Als wäre das Archiv erst vor Kurzem, am Staub in ihrer eigenen Wohnung gemessen vielleicht vor einem halben oder einem Jahr, gesäubert worden. Vielleicht war das aber auch nur das Einstandsgeschenk der neuen Mitarbeiterin an ihren Chef gewesen, überlegte Frau Kranzlbauer. Mit dieser Mitarbeiterin hatte sie vor ein paar Wochen sehr nett geplaudert. Eine sympathische junge Frau war das. Sie hatte der Lehrerin erzählt, dass sie die Stelle erst im vergangenen Sommer angetreten hatte. Den Aussagen der jungen Frau zufolge hatte im Stadtarchiv das reinste Chaos geherrscht. Ihr Vorgänger habe das ganze Archiv auf den Kopf gestellt, sei dann aber tragischerweise verunglückt, bevor er wieder habe Ordnung schaffen können.

Seltsam, an welche Details sie sich erinnerte, dachte Traude Kranzlbauer. Es wurde Zeit, dass Maria kam, fand sie. Sonst führte die heute genossene Überdosis Kaffee am Ende noch dazu, dass sie auch das Verschwinden des Archivmitarbeiters als potenziellen Mordfall untersuchte. Dabei hatte sie mit einer Masterarbeit, drei Mordfällen und geschätzten zweihundert Schülern mehr als genug zu tun. Außerdem konnte nicht jeder Unfall ein Mord sein, nicht einmal in Bad Au.

„Gerade in Bad Au nicht", fiel ihr siedend heiß ein, womit sie wieder bei Maria Liliencron angekommen war. Oder eigentlich hatte sie zuerst an die Freundin gedacht und sich dann erst daran erinnert, wie diese von einer Kollegin zu einer solchen, also einer Freundin, geworden war. Indem sie sich in ihrer, Traude Kranzlbauers, gemütlicher Küche psychisch von den Folgen jenes Unfalls erholt hatte, der für den ehemaligen Kollegen Eckart Glück den

Tod und für sie, Maria, einen langen Krankenstand bedeutet hatte. Es war eben kein Leichtes, unabsichtlich einen Kollegen zu überfahren, weil der auf einmal, von allen guten Geistern verlassen, auf die Straße sprang. Um diesen Schock zu verkraften, hatten Maria Liliencron nicht zuletzt die Stunden mit der Kollegin Kranzlbauer geholfen. Da war es zwangsläufig geschehen, dass die beiden Lehrerinnen auch Freundinnen geworden waren.

Nur dass die Freundin sich heute dermaßen verspätete, hielt Traude Kranzlbauer nicht mehr für zwangsweise notwendig. „In Zeiten des Mobiltelefons könnte Maria wenigstens anrufen", dachte sie.

Gesagt, getan. Oder eigentlich: gedacht, gehört, denn unmittelbar nachdem der Ärger über die ungewöhnlich unzuverlässige Freundin in Traude Kranzlbauers Kopf Wort angenommen hatte, läutete das Telefon.

Frau Kranzlbauer fuhr zusammen und verschüttete beinahe den Kaffee, den sie in der ohnehin schon zittrigen Rechten gehalten hatte. Das heißt, natürlich hatte sie die Tasse in der Hand gehalten und hielt sie immer noch, während sie mit der Linken ungeschickt zum Handy griff, das zwischen Kuchen und Kaffeekanne auf dem Küchentisch lag. Warum sie die Kaffeetasse nicht abstellte, sondern stattdessen das Handy mit der linken Hand ans rechte Ohr hielt, wusste sie auch nicht so genau. Die zweifellos unbequeme Körperhaltung trug jedenfalls nicht dazu bei, das Telefonat angenehmer zu machen.

Als unangenehm empfand Traude Kranzlbauer es alsbald auch inhaltlich. Ebenso wie Maria Liliencron, um die es sich bei der Anruferin handelte. Ihr war sogar die Aussicht auf diesen Anruf als so unangenehm erschienen, dass sie ihn eine volle Viertelstunde hinausgezögert hatte. Länger sogar. Aber irgendwann musste es ja sein und Traude erwartete sie bereits seit sechs Uhr zur späten Nachmittagsjause. Dass Maria Liliencron heute ausnahmsweise schon früher für ihre Freundin Zeit gehabt hätte, hatte sie dieser verschwiegen. Stattdessen war sie im Café Sisi gesessen. Und hatte eine Entscheidung getroffen.

„Traude, hör zu", sagte sie zu der Kollegin, was natürlich eine eher rhetorische Einleitung war, weil einer am Telefon ja nicht viel anderes tun könnte, zumal wenn er – oder in diesem Fall sie – seit einer Viertelstunde auf Besuch wartete und sich ohnehin schon fragte, wo der so lange blieb. Wenn dieser Besuch dann anrief, lag es in der Natur der Sache, dass der wartende Angerufene oder angerufene Wartende gebannt lauschte, um den Grund für die Verspätung zu erfahren. Es sei denn, er war bereits so verärgert, dass er dem Anrufer sofort die Leviten las, ohne sich zuvor dessen Verteidigung oder wenigstens Erklärung anzuhören. Aber so cholerisch war Traude Kranzlbauer nicht. Sie war im Gegenteil überhaupt nicht cholerisch.

„Traude, hör zu", sagte Maria Liliencron also. „Ich habe über deine Geschichte nachgedacht. Und ehrlich gesagt", sie holte Luft, stockte kurz und fuhr dann fort, „ich halte sie für kompletten Blödsinn. Du steigerst dich da in etwas hinein, das höchstwahrscheinlich an den Haaren herbeigezogen ist und jeder realen Grundlage entbehrt. Damit möchte ich nichts zu tun haben. Ich habe eine Tochter, die mir wichtiger als irgendwelche alten Geschichten ist, und ich möchte nicht, dass sie mitkriegt, wie ihre Mutter fiktiven Mördern hinterherläuft."

„Einer Mörderin", korrigierte Traude Kranzlbauer, als käme es auf dieses Detail an. „Und sie ist auch nicht fiktiv. Ich habe ganz konkrete ..."

„Bitte, Traude", fiel Maria Liliencron ihr ins Wort, „lass es. Dir zuliebe. Konzentrier dich auf deine Masterarbeit und überlass den Rest der Polizei. Oder den Krimiautoren."

Traude Kranzlbauers Hand zitterte, was jetzt vielleicht nicht mehr nur am Kaffee lag. „Wie du meinst", sagte sie schließlich und legte auf. Sie war enttäuscht.

Maria Liliencron hörte nur noch einen Piepton. Sie seufzte, steckte das Handy in die Tasche, legte den Sicherheitsgurt an und startete den Motor ihres Renault Clio. Sie würde Iris zu Hause überraschen.

Bis zum Hals

Anfang Juni schlug das Wetter um. Es wurde schlecht. So schlecht, dass sich ausnahmsweise alle darin einig waren, Landwirte ebenso wie die Betreiber von Freibädern und Eissalons und sogar die Versicherungsmakler. Von einem Tag auf den anderen fiel die Temperatur um mehr als zehn Grad. Wind kam auf, der sich alsbald zu einem Sturm steigerte. Der Himmel verdüsterte sich, und als es wie im Schotterwerk zu hageln begann, waren die Schüler der unteren Klassen nicht mehr zu halten.

Sie sprangen von den Bänken auf, die selbst im nostalgischen Bad Au längst zu Sesseln geworden waren, und stürzten an die Fenster, um zu sehen, wie Straße und Sportplatz mit einer dicken Schicht kleiner Eiskugeln überzogen wurden. Die älteren Schüler versuchten, ihre Coolness zu bewahren, und blieben eisern auf ihren Plätzen sitzen. Den Lehrern aber konnten sie nichts vormachen. Die merkten sehr wohl oder eigentlich unwohl, dass die Sechzehn- bis Achtzehnjährigen mit ihren Gedanken ausnahmsweise draußen in der Natur und nicht beim Unterricht waren. Die Ausnahme beschränkte sich dabei auf die Natur als dem Verweilort der jugendlichen Gedanken, denn dass diese nicht dem Unterricht folgten, kam leider nur allzu oft vor.

Als es kurz darauf auch noch zu regnen begann und die Wassermassen in flüssiger Form vom Himmel fielen, als hätte Herr Petrus die Ungläubigen des 21. Jahrhunderts an die Sintflut erinnern wollen, verstopften die Hagelkörner die Kanalgitter. Das Wasser, eine graubraune Brühe, sammelte sich auf der Straße, hatte schon bald die Gehsteigkante erreicht und drohte, auch in die mehr oder weniger hübschen Vorgärten der besser gestellten Bad Auer einzudringen. Nur die soziale Unterschicht im dritten bis fünften Stockwerk der verschiedenen Wohnhausanlagen brauchte sich einstweilen keine Sorgen zu machen. Im schlimmsten Fall würde der im Fahrradkeller eingesperrte Drahtesel Rost ansetzen.

Maria Liliencron bangte um ihr Auto. Genauso wie fast sämtliche andere Lehrer des Bad Auer Gymnasiums. Das heißt, selbstverständlich bangte nur Maria Liliencron um Maria Liliencrons Auto, während die anderen Lehrer in Sorge um das jeweilige eigene Fahrzeug schwebten. Zuerst der Hagel, dann das Wasser. Hoffentlich hatte man wenigstens die Handbremse angezogen.

An Unterricht war vorläufig nicht mehr zu denken. Die Schüler zu entlassen, wie das an besonders heißen Tagen zumindest für die höheren Klassen infrage kam, war nicht gut möglich, obwohl ein solches Vorgehen beziehungsweise Hinausgehen den Lehrern künftigen Ärger mit den lieben Jugendlichen erspart, sie jedoch auch arbeitslos gemacht hätte.

Und so standen endlich alle einschließlich der Lehrer selbst an den Fenstern und beobachteten, wie draußen die Welt unterging. Der Verkehr verebbte, obwohl man angesichts der graubraunen Fluten vielleicht besser davon sprechen sollte, dass er zum Erliegen kam. Einzig die Feuerwehr bahnte sich ihren Weg durch die Straßen, die immer mehr Ähnlichkeit mit venezianischen Kanälen annahmen.

Erst gegen Ende der fünften Stunde beruhigte sich das Wetter ein bisschen. Der Sturm ließ nach und auch der Regen wurde allmählich schwächer. Die Lehrer durften Hoffnung schöpfen, dass sie die Schüler zur gewohnten Zeit in die Freiheit oder wenigstens in die Freizeit würden entlassen können.

„Wenn das so weitergeht, haben unsere Putzfrauen morgen Großkampftag", stellte Cäcilia Zeppezauer trocken fest.

Sie stand mit Maria Liliencron auf dem Gang im Lehrertrakt und schaute kopfschüttelnd auf Herrn Dragic, den Schulwart, der wegen irgendeines Problems beim Direktor gewesen war. Die Gummistiefel, mit denen er nasse Abdrücke auf dem Steinfußboden hinterließ, legten den Verdacht nahe, dass sich das Problem im Schulhof befand und Herr Dragic von dort direkt zu Alfred Kuntz gegangen war.

„Sei froh, dass die Glaunigg-Althoff das nicht gehört hat", sagte Traude Kranzlbauer, die an die beiden Kolleginnen herangetreten war, zu Cäcilia Zeppezauer.

„Wieso?"

„Weil *Putzfrau* diskriminierend ist", sagte Frau Kranzlbauer und warf Maria Liliencron einen vielsagenden Blick zu.

Deren Mundwinkel zuckten belustigt, dann lachte sie, womit das Eis der letzten Tage gebrochen war. Nein, nicht jenes Eis, das draußen trotz des Regens noch immer die Kanaldeckel dicht machte, sondern die frostige Stimmung, die sich zwischen den beiden Frauen breitgemacht hatte, nachdem Maria Liliencron telefonisch ihre Teilnahme an der Mörderjagd aufgekündigt hatte.

„Inwiefern diskriminierend?", wollte Cäcilia Zeppezauer wissen, die nicht verstand, was sich da gerade zwischen ihren beiden Kolleginnen abspielte.

„Weil es das starke Geschlecht schon rein sprachlich von diesem Traumjob ausschließt", antwortete Maria Liliencron anstelle ihrer wiedergewonnenen Freundin. Diese brach in schallendes Gelächter aus, sodass ihr mächtiger Busen unter der geblümten Bluse bebte. Die drahtige Frau Zeppezauer verstand hingegen noch immer nicht.

„Maria", gluckste Traude Kranzlbauer, konnte vor Lachen aber nicht weitersprechen. Maria Liliencron hätte die arme Kollegin Zeppezauer aufklären können, zog es jedoch vor, die Szene mit Unschuldsmiene zu beobachten. „Maria hat", setzte Traude Kranzlbauer noch einmal an, musste aber wieder lachen.

„Was hat unsere Maria?" Alfred Kuntz war aus seinem Büro auf den Gang hinausgetreten und vom Gelächter der Kolleginnen – oder wenigstens der einen Kollegin – angelockt worden.

Frau Kranzlbauer wischte sich die Lachtränen aus dem Gesicht und berichtete dem interimsmäßigen Herrn Direktor und der zunehmend irritierten Cäcilia Zeppezauer von einem Vorfall, der sich vergangenen Dezember ereignet hatte. Es war Maria Liliencrons erster Arbeitstag nach dem Krankenstand gewesen und somit ihr erstes Zusammentreffen mit der neuen Direktorin, die dem alten Professor Dippelbauer auf diesem Posten nachgefolgt war. Sehr vorübergehend, wie sich bald herausstellen sollte, aber das hatte mit Maria Liliencron nichts zu tun, obwohl die bereits mit den neuen Vorschriften kollidiert war, noch bevor sie die Direktorin überhaupt persönlich getroffen hatte.

Sofern man die Anweisung, das Wort *Putzfrau* durch die geschlechtsneutrale Buchstabenkombination *FM* zu ersetzen, als Vorschrift bezeichnen wollte. Traude Kranzlbauer erinnerte sich noch gut an Maria Liliencrons Wutausbruch gegenüber Ernst Braunsfelder als dem Überbringer der frohen Botschaft. Und an ihr feuriges Plädoyer zugunsten der Weiblichkeit, das wahrscheinlich sie, Waltraud Kranzlbauer, als Einzige tatsächlich verstanden hatte.

„Ja, ja, die Glaunigg-Althoff", sagte Alfred Kuntz, der sich offenbar nicht näher zu seiner ungeliebten Vorgängerin äußern wollte.

„Sag mal, Cilly", wandte Traude Kranzlbauer sich an die Kollegin Zeppezauer, „wie bist du eigentlich mit unserer Kurzzeitdirektorin ausgekommen?"

Frau Zeppezauers Rücken versteifte sich noch mehr als üblich. „Ich habe keine Schwierigkeiten mit ihr gehabt", erklärte sie, wobei die unerbittlich gerade Linie ihres Rückgrats ihre Worte Lügen strafte oder doch zumindest ein bisschen in Zweifel zog.

„Echt? Wie hast du das geschafft?"

Nun huschte doch ein leises Lächeln über das Gesicht der gestrengen Lehrerin. „Ich habe einfach immer um das Gegenteil dessen gebeten, was ich von der guten Frau Direktor gebraucht habe", antwortete sie.

„Und hast deshalb das gekriegt, was du wirklich wolltest", schloss Kollegin Kranzlbauer. „Raffiniert."

„Na ja, wenn sie meint, sie muss einem partout was zu Fleiß tun, und man diese Strategie durchschaut, kann man sie auch gegen sie verwenden", sagte Cäcilia Zeppezauer beinahe entschuldigend.

„Und wer war dann so schlau, ihr zu verklickern, wir wollten sie unbedingt bis an ihr Lebensende bei uns in der Schule haben?", fragte Maria Liliencron gut gelaunt.

Ihre drei Kollegen senkten schuldbewusst die Köpfe.

Zur beinahe allgemeinen Erleichterung nahte in diesem Moment Diana Martin.

„Ah, hier haben wir ja gleich eine, die es angeht", meinte Alfred Kuntz, legte seinen Arm jovial um die Schultern der jungen Frau und zog sie zu dem Grüppchen Lehrer heran.

„Die was angeht?", fragte Diana Martin verunsichert.

„Das Wetter", entschied Alfred Kuntz und war heilfroh, das Thema Bettina Glaunigg-Althoff hinter sich lassen zu können.

Am frühen Nachmittag stakste Maria Liliencron auf ihren hochhackigen Schuhen vorsichtig über den Parkplatz der Schule zu ihrem Renault Clio. Es regnete immer noch leicht. Der Wind, zu dem der Sturm abgeklungen war, wehte ihr die blonden Haare ins Gesicht. Sie hob die linke Hand, um sich die Strähnen wegzustreichen. In der rechten hielt sie ihre Tasche und einen Regenschirm, der sich im Wind blähte. Da knickte die Lehrerin mit dem Knöchel um, die Tasche fiel ihr aus der Hand, mit der sie rudernd das Gleichgewicht zu halten versuchte, der Schirm verfing sich in ihren Haaren und beinahe wäre sie gestürzt, hätten zwei Arme sie nicht von hinten festgehalten.

Maria Liliencron wunderte sich im ersten Moment nur über die schuppige Haut der zwei Hände, die zu den von langen Ärmeln verhüllten Armen gehörten. Dann erst war sie froh über ihre Rettung. Sie drehte sich um. Diana Martin, die hinter ihr stand, bückte sich nach der Tasche und hob sie auf. Sie wischte sie mit den Händen ab und reichte sie Maria Liliencron. Diese dankte und hielt sofort schützend den Schirm über ihre Retterin.

„Du musst besser aufpassen, Maria", sagte Diana Martin.

„Ich weiß", gab die Angesprochene zurück.

Die beiden Frauen standen dicht voreinander, der Schirm bildete nur ein ungenügendes Dach über ihnen. Der Regen fiel auf ihre Rücken und rann in Maria Liliencrons Stöckelschuhe. Diana Martin trug Sportschuhe. Denen konnte die Nässe nicht ganz so viel anhaben.

„Wirst du zurückkommen?", fragte Diana Martin ernst. Ihre Stimme klang leise, aber fest.

Maria Liliencron stutzte einen Moment. „Natürlich, ich bin eh mit dem Auto da", sagte sie dann.

„Ich meine, wirst du nach dem Sommer zurückkommen?" Die Putzfrau blickte der gleichaltrigen Lehrerin tief in die Augen.

Da brach Maria Liliencron in Tränen aus. Diana Martin nahm sie in den Arm und hielt sie fest an sich gedrückt. Der Wind trug den Schirm davon, der Maria Liliencrons Hand entglitten war.

„Willst du es mir nicht erzählen?" Diana Martin berührte Maria Liliencrons Hand sanft mit der ihren. In ihrem Blick lag Ermutigung.

Die beiden Frauen saßen seit einer Viertelstunde im Café Sisi. Der Regen hatte wieder an Intensität zugenommen, ebenso der Wind, der die Tropfen hart gegen die Scheiben wehte. Maria Liliencron und Diana Martin hatten dafür weder Augen noch Ohren. Es gab Wichtigeres zu besprechen.

Maria Liliencron rührte in ihrer heißen Schokolade. Sie hielt den Kopf gesenkt und verfolgte mit dem Blick den Löffel, der in der Tasse seine Kreise vollführte.

„Ich kann nicht", murmelte sie nach einer Weile des Schweigens. „Nicht dir."

Diana Martin schluckte. „Dann erzähl es jemand anderem", sagte sie möglichst ruhig.

„Ich will es aber nur dir erzählen", gab Maria Liliencron zurück.

Diana Martin runzelte die Stirn und zweifelte als gebürtige Rumänin einen Augenblick lang an ihren Deutschkenntnissen.

Da hob Maria Liliencron den Kopf und fuhr fort: „Ich habe das Gefühl, ich kann es nur dir erzählen, aber zugleich will ich es dir nicht erzählen, weil du doch ... weil du ... also, das Kind ..." Der Wortschwall versiegte wieder. Stattdessen rannen Tränen über Maria Liliencrons Wangen.

„Du meinst, du kannst es mir nicht erzählen, weil ich mir Kinder wünsche, aber keine mehr bekommen kann?", fragte Diana Martin.

Maria Liliencron nickte schluchzend.

„Aber, Maria, ich sehe doch, was mit dir los ist", beruhigte die andere sie. „Und nicht nur ich. Inzwischen kannst du uns nichts mehr vormachen. Wer nicht sieht, dass du schwanger bist, muss blind sein. Bei deiner Figur!"

Maria Liliencron schniefte.

„Aber du wolltest das Kind nicht?", mutmaßte Diana Martin. „Genauso wenig wie das erste. Und jetzt fühlst du dich schuldig, weil du Kinder hast, obwohl du sie nicht wolltest, und ich mir Kinder wünsche, aber nie welche haben werde?"

Die Lehrerin nickte und brach erneut in Tränen aus.

Diana Martin schwieg einen Moment, dann sagte sie: „Schau, Maria, du liebst deine Iris doch, oder? Und du würdest sie um nichts in der Welt wieder hergeben wollen, habe ich recht?"

Maria Liliencron heulte immer noch, nickte aber heftig mit dem Kopf.

„Siehst du, so wird es bei dem zweiten Kind auch sein", meinte Diana Martin. „Was ist es denn, ein Bub oder ein Mädchen?"

„Ein Bub", schniefte Maria Liliencron.

„Wie schön", freute sich Diana Martin. „Ich hätte damals auch einen Buben bekommen."

„Dann wirst du Taufpatin", brachte Maria Liliencron mühsam hervor. „Einverstanden?"

Diana Martins dunkle Augen leuchteten. „Gerne", sagte sie warm.

Da machte sich auch auf Maria Liliencrons Gesicht ein zaghaftes Lächeln breit.

Diana Martin drückte ihre Hand. „Wir schaffen das", zeigte sie sich zuversichtlich.

„Yes, we can", gab Maria Liliencron, unter Tränen lachend, zurück. Erleichtert stimmte die andere in das Gelächter mit ein.

„Darf es noch etwas sein, die Damen?" Jetzt endlich wagte auch Petra Sandor sich wieder in die Nähe der beiden Gäste.

Nachdem Maria Liliencron eine halbe Stunde lang in ihrer Schokolade gerührt und ihre Begleiterin ein ganzes Stück Dobostorte, ohne erkennbar Notiz davon zu nehmen, gegessen hatte, war der Konditorin klar, dass die zwei Frauen nicht nur zum Plaudern ins Café Sisi gekommen waren. Doch das befreiende Gelächter war für sie das Signal gewesen, dass die dezente Frage nach weiteren Wünschen nun nicht mehr als Störung empfunden werden würde. Zumindest nicht als unliebsame.

„Für mich bitte noch einen kleinen Braunen", sagte Diana Martin.

„Sehr gerne. Und für Sie, Frau Liliencron?"

Die Stammgäste kannte Petra Sandor selbstverständlich namentlich. Obwohl sie bei Maria Liliencron mitunter nicht sicher war. Also, nicht in Bezug auf den Namen, sondern ob sie die Lehrerin zu den Stammgästen zählen sollte. Denn sie kam nicht regelmäßig ins Café Sisi. Nicht so regelmäßig wie der alte Herr Hirschhauser jedenfalls, der auch nach dem Tod der seligen Frau Doktor Hildegard Binsen hier täglich seine Melange trank und dazu die eine oder andere Mehlspeise nicht ablehnte. Und auch nicht so häufig wie zum Beispiel Inspektor Obermayer. Oder wie die jungen Männer der Rollenspielgruppe, die Petra Sandor inzwischen irgendwie ans Herz gewachsen waren. Aber wenn Frau Liliencron wieder einmal im Café Sisi auftauchte, war davon auszugehen, dass in der nächsten Zeit weitere Besuche folgen würden. Bis es plötzlich wieder eine scheinbar durch nichts begründete Pause gab.

Vielleicht war die junge Lehrerin so etwas wie eine Quartalssäuferin, überlegte Petra Sandor. Quartalskaffeetrinkerin sozusagen, obwohl auch das nicht stimmen konnte, hatte sie heute doch eine heiße Schokolade bestellt. Getrunken freilich nicht, weil die Tasse nach wie vor voll war. Nur der schöne Schaum hatte sich in nichts aufgelöst. Und heiß war der Kakao mit Sicherheit auch nicht mehr.

Unter Umständen blickte Maria Liliencron bei Petra Sandors Frage deshalb ein bisschen konsterniert auf die braune Flüssigkeit, bevor sie die Konditorin ansah und ein Glas Mineralwasser bestellte. „Ein stilles, bitte", fügte sie hinzu.

Frau Sandor verschwand hinter der Theke und Diana Martin wollte das Gespräch mit der jungen Lehrerin fortsetzen, als aus dem hinteren Teil des Gastraums die Worte „Kollege Pekka und ich müssen den Mörder finden" drangen.

„Oder die Mörderin", sagte eine andere Stimme.

Maria Liliencron zuckte zusammen und wandte sich ungelenk um. Da saß wieder diese Horde junger Männer, die ihr schon bei ihrem letzten Besuch aufgefallen war. Sie dachte tatsächlich *Horde*, obwohl die vier durchaus gesittet um das runde Tischchen hockten, auf dem mehrere Gläser mit verschiedenen alkoholfreien Getränken standen, die meisten davon erst zur Hälfte geleert.

„Einen Moment, bitte", sagte Maria Liliencron zu der verwunderten Diana Martin, stand ein bisschen schwerfällig auf und ging zu dem mordlustigen Quartett nach hinten. „Entschuldigen Sie bitte, meine Herren", sagte sie und vier Augenpaare sahen sie zugleich überrascht und neugierig an. „Sie haben gerade von einer Mörderin gesprochen. Vor ein paar Wochen waren es irgendwelche Hinterwäldler ..."

„Mittelalterliche Bürger", wollte einer der vier korrigieren.

„Soll sein", räumte Maria Liliencron ein. „Ich habe mich nur gefragt, wie das zusammenhängt."

Der Blondeste der Gruppe lachte, während ein etwas fester gebauter Bursche mit mittelbraunem Haar, das allem Anschein nach schon lange kein professioneller Friseur zwischen die Finger, sondern bestenfalls eine gewöhnliche Haushaltsschere zwischen die stumpfen Klingen bekommen hatte, antwortete: „Wir sind eine Rollenspielgruppe, gute Frau."

„Eine Rollenspielgruppe?", wiederholte Maria Liliencron. „So was gibt's?"

„Nein, so was gibt's nicht. Sie halluzinieren und sprechen in Wahrheit zu vier leeren Sesseln", gab der Do-it-yourself-Friseur beleidigt zurück.

„Entschuldigung, dass ich gefragt habe."

Jetzt fühlte sich auch Maria Liliencron angegriffen und wollte den Rückzug antreten, doch da meldete sich ein dritter junger Mann zu Wort: „Nehmen Sie's unserem Justus nicht übel, er ist immer ein bisserl ungeduldig, wenn ihm wer begriffsstutzig vorkommt."

Maria Liliencron war sich nicht sicher, ob der Versuch des Burschen, die Situation zu retten, nicht eigentlich in die Hose gegangen war. Vielleicht hatte sie mit *Horde* doch nicht so unrecht gehabt. Doch dann beschloss sie, diesem ungehobelten Pack noch eine Chance zu geben. Wer weiß, welche Lehrer die in der Schule genossen hatten. Immerhin aber wollte sie auf das *Sie* verzichten. Wenn die vier sich wie bockige Teenager benahmen, wollte sie sie auch so behandeln.

„Und was tut eure Rollenspielgruppe denn?", fragte sie deshalb.

„Wir nehmen verschiedene Rollen an und erleben Abenteuer", erklärte der Sprecher von vorhin.

„Welche Rollen zum Beispiel?"

„Das hängt vom Spielleiter ab", erklärte der junge Mann. „Es gibt immer einen, der sozusagen das Drehbuch vorgibt. Jeder schlüpft in eine Rolle und dann wird gespielt. Heute sind Daniel und Walter", er deutete auf den lachenden Blondschopf und den vierten in der Runde, der bisher noch keinen Ton zu Maria Liliencron gesagt hatte, „zwei finnische Polizisten, die den Mord an einem Kollegen aufklären sollen, den ein Zeuge – das ist er", er deutete auf Justus, „im Schnee gefunden hat."

„Interessant", meinte die Lehrerin. „Und wer bist du?"

Der Sprecher wirkte für einen Moment irritiert, dann antwortete er: „Ich bin Kommissar Kuupponen, ihr Chef."

„Ich meine, im richtigen Leben", lächelte Maria Liliencron.

„Ach so, Entschuldigung. Also – ich bin der Andreas, das sind Daniel und Walter. Und der Wichtigtuer da drüben ist Justus Jonas“, erklärte Andreas und vergaß ganz, dass er die Namen der drei anderen bereits genannt hatte.

„Justus Jonas“, wiederholte Maria Liliencron, die heute nicht ihren besten Tag zu haben schien.

„Eigentlich Jussuf, Jussuf Islam“, mischte sich der blonde Daniel in das Gespräch ein, „aber verständlicherweise hat er was gegen den Namen. Wer will in Bad Au schon als Islamist rumlaufen, wenn er nicht mal wie ein Türke ausschaut.“

„Halt’s Maul, Goldlöckchen“, blaffte Justus-Jussuf ihn an.

„Maria?“ Diana Martin war hinter die Lehrerin getreten, neugierig, was die so lange mit diesen jungen Männern zu besprechen hatte.

Und Maria Liliencron, die die vier eigentlich als Vorwand benutzt hatte, um sich vor der Fortsetzung des Gesprächs mit Diana Martin zu drücken, war froh über die Hand, die sich ihr bei der Nennung ihres Namens auf die Schulter gelegt hatte. Sie hatte genug gehört. Einem Streit zwischen Goldlöckchen und diesem Justus wollte sie nicht unbedingt beiwohnen. So folgte sie Diana Martin zurück zu ihrem Tischchen, wo neben der längst kalten Schokolade bereits ein Glas stilles Mineralwasser auf sie wartete.

Die beiden Frauen setzten sich. Maria Liliencron ergriff ihre Tasse und leerte sie mit einem Zug, als müsste sie sich Mut antrinken. Der kalt gewordene Kakao hinterließ jedoch nur einen braunen Rand rund um die rot gefärbten Lippen. Trotzdem und obwohl sie sie erwartet hatte, erwarten musste, traf Diana Martins Frage Maria Liliencron wie ein Blitz.

„Wer ist eigentlich der Vater?“

Ein Gutes hatte dieses Sauwetter, dachte Inspektor Obermayer, während er missmutig durch das Fenster seines Dienstzimmers hinaus in den Regen starrte. Welche Nachricht auch immer ihm heute an die Windschutzscheibe geheftet worden war, sie hatte sich längst aufgelöst und er brauchte sich somit nicht mehr damit auseinanderzusetzen. Sein Auto stand seit dem Morgen auf dem Parkplatz der Polizeidienststelle. Zuerst der Wind, dann der Hagelsturm und jetzt schon seit Stunden dieser Regen, mal stärker, dann wieder schwächer, aber im Zusammenspiel mit den anderen Wetterkapriolen doch so, dass eventuelle Drohungen mit dem Wind davongeflogen oder ins Wasser gefallen oder beides waren. Zumal Inspektor Obermayer auch noch den Spätdienst übernommen hatte, weil Kollege Machacek krank war und es ihn, Franz Obermayer, ohnehin noch nicht nach Hause zog. Und die ebendorfersche Werkstatt würde auch in einer halben Stunde schließen, Walter seine Jungs in den Feierabend entlassen.

Inspektor Obermayer kratzte sich unter dem Toupet. Verfluchte Sache, dachte er, warum hatte er nur damit angefangen? Er hatte wie so oft ohne nachzudenken gehandelt. So etwas ging meistens gut, weil Nachdenken im Allgemeinen zu nichts führte und das Leben nur unnötig kompliziert machte. Weshalb der Inspektor lieber darauf verzichtete und stattdessen instinktmäßig handelte. Nur war der Instinkt in diesem Fall nicht dem Wunsch nach Ruhe, sondern der Eitelkeit entsprungen, vor der selbst Franz Obermayer nicht ganz gefeit war. Wobei es genau genommen seine verletzte Eitelkeit war, die ihn vor mittlerweile drei Monaten dazu gebracht hatte, sich näher für das Bauprojekt auf dem Fliedergrund zu interessieren. Er war sozusagen in die Falle gegangen, in die Grube gefallen, obwohl nicht er sie anderen, sondern andere sie ihm gegraben hatten.

Nein, das auch nicht. Wahrscheinlich, überlegte Inspektor Obermayer und fühlte wieder die altbekannte Abneigung gegen Überlegungen und Nachdenken in sich aufsteigen, wahrscheinlich ließen andere die Gruben für sich selbst graben, um mit dem Schotter die eigenen Taschen zu füllen.

Dabei war das Bauprojekt auf dem Fliedergrund längst über das Grubenstadium hinaus gediehen. In Reih und Glied stehend reckten sich bereits die blanken Ziegelmauern der kleinen Häuser gen Himmel, der heute freilich nur allzu entgegenkommend auf sie herunterfiel. Inspektor Obermayer war in der Früh auf dem Weg zur Polizeidienststelle, einen kleinen Umweg in Kauf nehmend, am Fliedergrund vorbeigefahren. Im aufkommenden Wind waren ein paar Bauarbeiter auf einem der Häuser gestanden, dem allerdings noch das Dach und auch sonst alles Mögliche fehlte, und hatten verzweifelt die Pläne festgehalten, die sie in den Händen hatten.

Schon eine Stunde später würden die Arbeiter die Baustelle verlassen haben.

Inspektor Obermayer beneidete die Männer darum, dass sie bei schlechtem Wetter nicht zu arbeiten brauchten. Dass er sie vor ein paar Tagen, als die späte Maisonne unbarmherzig vom Himmel gebrannt hatte, noch bemitleidet hatte, war längst vergessen. Dabei war ihm die Hitze der letzten Maitage durchaus im Gedächtnis geblieben. Deshalb nämlich wunderte er sich über die Erkrankung des Kollegen. Sich bei dieser Affenhitze eine Verkühlung zuzuziehen, war schon eine reife Leistung, fand der Inspektor.

Da läutete das Telefon. Der Besitzer einer Bar am Stadtrand rief an. Er meldete eine Schlägerei zwischen einigen Betrunkenen – die genaue Zahl konnte er nicht nennen – und bat die Polizei zu kommen, bevor noch die Einrichtung seines Lokals daran glauben musste.

Mit einem Mal war Inspektor Obermayer nervös. Eine Schlägerei am helllichten oder wenigstens am Nachmittag war so ungefähr das Aufregendste, was in den vergangenen fünf Jahren in Bad Au geschehen war. Wenn nicht noch länger.

„Fred", sagte Maria Liliencron und wandte den Blick ab.

„Du meinst ... Herr Direktor Kuntz?", fragte Diana Martin ungläubig.

Maria Liliencron nickte, die Augen geschlossen, die Lippen so fest zusammengepresst, dass sie unter dem Lippenstift ganz weiß und blutleer wurden.

„Dabei hätte ich darauf gewettet, dass ihm als Einzigem deine Kurven noch nicht aufgefallen sind", platzte Diana Martin heraus.

„Er weiß auch nichts davon", sagte Maria Liliencron leise. Langsam hob sie den Kopf, öffnete die Augen und blickte die Frau ihr gegenüber voller Verzweiflung an. „Er weiß nicht einmal, dass wir miteinander geschlafen haben", sagte sie.

Wenn das überhaupt möglich war, starrte Diana Martin die junge Lehrerin jetzt noch ungläubiger an. „Das gibt's doch gar nicht", sagte sie fassungslos.

„Doch, das gibt's", erwiderte Maria Liliencron kleinlaut, „und ich bin selbst schuld dran."

Nun war ja schon in alten Mären viel von Liebe und Liebesakten wider Willen – zumindest entgegen dem Willen eines oder häufiger einer der beiden Beteiligten – die Rede. Und moderne Märchen griffen immerhin den Mythos von der nie versiegenden Männlichkeit auf, wenn sie Viagra, Elfenbein und Co als die Lösung aller

Liebesleiden priesen. Aber davon, dass ein Mann den Geschlechts-
akt mit einer Frau nicht mitbekam, hatte Diana Martin noch nichts
gehört. Die Weigerung der Frau zu überhören, galt in gewissen
Kreisen vielleicht als Kavaliersdelikt, aber den Akt selbst zu ver-
schlafen? Zumal wenn daraus ein Kind hervorging. Das grenzte
nun tatsächlich an Hexerei.

Passend dazu lenkte in diesem Moment Mitzi Calloni die Aufmerksamkeit der Kaffeehausbesucher auf sich. Passend, weil ihre
kurz geschnittenen Haare nach wie vor als flammendes Inferno, das
selbst der Regen nicht zum Erlöschen gebracht hatte, über ihrem
heute stark geschminkten Gesicht leuchteten. Wobei dazugesagt
werden muss, dass dieser Aufzug allein noch nicht ausgereicht hätte,
sogar Maria Liliencron und Diana Martin vom eigentlichen Thema
ihres Gesprächs abzulenken. Aber Mitzi Calloni war an diesem
Spätnachmittag von einer unsichtbaren Aura umgeben. Unsichtbar,
aber nicht unmerkbar. Oder unmerklich, wie es richtiger heißen
beziehungsweise gerade nicht heißen müsste, weil einer schon mit
Ruchlosigkeit hätte gesegnet sein müssen, um den Eintritt oder
Auftritt der guten Frau nicht zu bemerken. Was Mitzi Calloni
bisher mit Mitgefühl und Mitleiden, mit leuchtenden Haaren und
züchtigem Körperkontakt nicht erreicht hatte, gedachte sie, heute
mithilfe ihres besten Parfums zu erzwingen: Alois Hirschhauser den
Kopf zu verdrehen nämlich.

Tatsächlich drehten Maria Liliencron und Diana Martin sowie
ein paar andere, nicht einmal Petra Sandor namentlich bekannte
Gäste die Köpfe in Frau Callonis Richtung.

Alois Hirschhauser aber, der still und einsam an dem Tischchen
neben der Garderobe saß, ging der Geruch zum einen Nasenloch
hinein und zum anderen wieder hinaus. Er hob den Kopf keinen
Zentimeter und starrte weiter in seine Kaffeetasse, als wollte er
die Zukunft aus dem auf dem Grund der leeren Tasse getrock-
neten Milchschaum lesen. Obwohl so ein Überbleibsel, wenn überhaupt, doch eher Aufschluss über Vergangenes geben konnte. Zum
Beispiel hätte ein narzisstischer Detektiv beim Blick in die Tasse
leicht erkannt, dass Alois Hirschhauser in der unmittelbaren Vergangenheit einen Kaffee getrunken hatte. Die Form der Tasse gäbe,
in Kombination mit den eingetrockneten Milchschaumresten,
darüber Auskunft, dass es sich bei dem Kaffee um eine Melange

gehandelt haben musste, während die Körperhaltung des Trinkers die Wahrscheinlichkeit, dass das Kaffeetrinken ein Genuss gewesen war, gegen null gehen ließ. Was an zweierlei liegen konnte. Theoretisch zumindest, denn wer im vergangenen Jahr auch nur einmal einen von Petra Sandor gebrauten Kaffee getrunken hatte, musste die Möglichkeit, dass Herrn Hirschhauser seine Melange nicht geschmeckt hatte, rundweg ausschließen. Weshalb also die Begleitumstände des Kaffeehausbesuchs den Genuss verhindert haben mussten.

Weil mit Mitzi Calloni aber kein Meisterdetektiv und nicht einmal eine Meisterdetektivin das Café betreten hatte, scherte sie das alles herzlich wenig. Mit forschen Schritten ging sie zu dem Tischchen neben der Garderobe. „Ach, der Herr Hirschhauser! Das ist aber eine nette Überraschung", versuchte sie ihr Glück aufs Neue. Bezüglich der Fortsetzung der Geschichte nahm sie jedoch eine kleine sprachliche Änderung vor. „Da setze ich mich doch gleich zu Ihnen", sagte sie nämlich, hängte ihre leichte Jacke an einen Garderobenhaken, steckte den Schirm in den Schirmständer und ließ sich auf einen freien Sessel neben Alois Hirschhauser fallen.

Dieser jedoch schien mit dem abgewandelten Wortlaut nicht ganz einverstanden zu sein und hielt am ursprünglichen Text des Drehbuchs fest. „Entschuldigen Sie, aber kennen wir uns?"

Die Frage, ganz unschuldig gestellt und von einem müden Blick aus stumpfen Altmänneraugen begleitet, gab der Calloni einen Stich. So sehr, dass sie trotz ihres Alters wie von der Tarantel gestochen aufsprang, Jacke und Schirm vom Haken beziehungsweise aus dem Ständer zerrte und erhobenen Hauptes das Lokal verließ.

„Die wäre ich los, die alte Schreckschraube", dachte Alois Hirschhauser und um seine Mundwinkel zuckte es belustigt. Erstmals seit dem Tod der lieben Hildegard huschte so etwas wie ein Lächeln über sein Gesicht.

Als er den Kopf hob, begegnete sein Blick dem Petra Sandors. „Gehen S', Fräulein, bitte noch einen Verlängerten", rief er ihr prompt zu. Er konnte nämlich auch anders. Außerdem hatte die an dieser Sache unbeteiligte Konditorin seinetwegen eine Kundin verloren. Zumindest für diesen Nachmittag.

Als Petra Sandor den gewünschten Kaffee auf einem kleinen, ovalen Tablett an Herrn Hirschhausers Tisch brachte, sagte sie, weise lächelnd: „Sie wird wiederkommen, die Frau Calloni. Sie wohnt ja in derselben Straße."

„Aber sie muss nicht am selben Tisch sitzen", gab Alois Hirschhauser gänzlich unaufgeregt zurück. „Danke für den Kaffee, Fräulein", fügte er noch hinzu, bevor die junge Konditorin sich umwandte und in Richtung Theke verschwand.

„Ich muss mich auf den Heimweg machen", sagte Maria Liliencron erschrocken, nachdem sie wie zufällig auf ihre Armbanduhr geschaut hatte. Sie zog die Geldbörse heraus und winkte Petra Sandor. Diana Martin wollte ebenfalls ihre Geldtasche zücken, doch Maria Liliencron wehrte ab. „Lass nur, ich lad dich ein", sagte sie. „Als Dankeschön fürs Zuhören."

Dass Diana Martin ganz gerne noch mehr gehört hätte, gab Maria Liliencron vor, nicht zu bemerken.

Der verlorene Sohn

Als Maria Liliencron heimkam, war Jakob wieder da. Inzwischen kannte sie den jungen Mann. Dennoch irritierte sie seine Anwesenheit. Begegnet war sie ihm zum ersten Mal vor ein oder zwei Wochen. An dem Abend, an dem sie das Treffen mit Traude Kranzlbauer abgesagt hatte und früher als geplant nach Hause gefahren war, hatte sie ihre Tochter Iris mit einem ihr, der Mutter, unbekannten Jungen im Wohnzimmer vorgefunden. Die beiden waren in ein auf dem Couchtisch aufgeschlagenes Buch vertieft gewesen und erschrocken aufgefahren, als Maria Liliencron den Raum betreten hatte. Offenbar hatten sie zunächst den Schlüssel im Schloss und dann sogar das Zufallen der Haustür überhört. Wie zwei verängstigte Bärenkinder, die beim Honigstehlen erwischt worden waren, hatten sie Maria Liliencron angeschaut.

Seither hatten Iris und Jakob beinahe jeden Nachmittag miteinander verbracht. Das heißt, seither wusste Maria Liliencron, dass die beiden nach Möglichkeit ihre gesamte Freizeit miteinander verbrachten. Und sie war sich nicht sicher, ob ihr das recht war. Eigentlich gab es an diesem Jakob nichts auszusetzen, wäre nur der Altersunterschied nicht gewesen. In dieser Lebensphase machte das noch etwas aus. Also, eigentlich machte der immer etwas aus, nur gehörte es in höherem Alter beinahe zum guten Ton, sich als rundum erfolgreicher Mann eine wesentlich jüngere Frau anzulachen. So weit die öffentliche Meinung, die zwar nicht mit Maria Liliencrons Meinung, leider aber mit ihrer Erfahrung übereinstimmte. Wobei sie sich dabei eigentlich auch wieder selbst betrog, aber wenn es schon weit und breit keinen Mann gab, der bereit gewesen wäre, sie mit einer Jüngeren zu betrügen, musste frau sich eben im Selbstbetrug üben. Das funktionierte ohnehin am besten.

Von Betrug schienen Iris und Jakob vorläufig noch weit entfernt zu sein. Die beiden hockten hingegen auch heute wieder einträchtig auf der gepolsterten Sitzgarnitur und diskutierten eifrig über – ja, worüber eigentlich? Worüber zerbrach sich die Jugend von heute den Kopf? Als Lehrerin hatte sie zwar tagtäglich mit Jugendlichen zu tun, aber wenn sie ehrlich war, hatte sie keine Ahnung, was die jungen Leute bewegte. Nur dass es weder deutsche Literatur noch globale Geografie war, wusste sie oder stellte es doch regelmäßig mit einiger Überraschung und zunehmender Verbitterung fest. Vielleicht machte sich auch nur langsam Traude Kranzlbauers Einfluss bemerkbar. Die war ja gut zwanzig Jahre älter als Maria Liliencron. Und wer so lange im Geschäft war, stumpfte leicht ab, hielt die Vergangenheit für um Klassen besser als die Gegenwart und die vergangenen Klassen sowieso.

Wäre Maria Liliencron nicht in der eigenen Verbitterung gefangen gewesen – in der eigenen Verbitterung, die weniger schüler- als lehrerbedingt war –, hätte ihr allerdings auffallen müssen, dass die Kollegin Kranzlbauer weder verbittert noch abgestumpft war. Zumindest nicht seit dem Beginn des Sommersemesters. Sie war im Gegenteil ausgesprochen interessiert und engagiert. Vielleicht nicht unbedingt am beziehungsweise im Unterricht, aber immerhin wirkte sich ihre neu erwachte Energie auch im Klassenzimmer positiv aus. Was man von der zwanzig Jahre jüngeren Maria Liliencron in letzter Zeit nicht behaupten, mit einigem guten Willen aber ebenfalls auf den Altersunterschied zurückführen konnte. Weil Traude Kranzlbauer – Gott sei's gedankt! – die Wechseljahre hinter sich gebracht hatte und sich daher nicht mit einer, egal, ob gewollten oder ungewollten, Schwangerschaft herumzuschlagen brauchte. Und mit einer bis über beide Ohren verliebten zwölfjährigen Tochter auch nicht.

Maria Liliencron fühlte sich in dieser Situation völlig hilflos. So war das nicht geplant gewesen. Sie hatte ihre alten Tagebücher aufbewahrt. Die aus ihren stürmischsten jungen Jahren. Damit sie im Notfall dereinst – also jetzt beziehungsweise in fünf oder sechs Jahren, wenn ihre Tochter so alt war – nachlesen konnte, wie sie selbst sich mit siebzehn, achtzehn gefühlt hatte, mit Schmetterlingen im Bauch und umgeben von einer Welt, in der ihrer Meinung nach alles, aber auch alles kopfstand. Im Rückblick musste sie natürlich sagen, dass dieser Überschwang der Gefühle ganz normal für ein

Mädchen dieses Alters war. Nur war Iris eben nicht in diesem Alter. Sie war noch viel zu jung dafür, fand Maria Liliencron und verbannte aus ihrer Erinnerung die Stimmen ihrer Eltern, die der damals gerade achtzehnjährigen Tochter erklärt hatten, dass sie wirklich noch viel zu jung für derlei Dinge sei. Wobei *derlei Dinge* in ihrem Fall eine, die erste, Schwangerschaft bedeutet hatten. Und das, was dieser Schwangerschaft vorausgegangen war und woran Maria Liliencron jetzt gar nicht denken wollte. Nämlich weder an die Umstände, die sie in andere gebracht hatten, noch daran, dass womöglich ihre Tochter Iris – nein, ausgeschlossen! Dafür war Iris definitiv noch zu jung. Und dieser Jakob erst recht. Gesetzlich, moralisch und aller Wahrscheinlichkeit nach auch biologisch. Ein elfjähriger Bub konnte unmöglich dazu in der Lage sein, ein zwölfjähriges Mädchen zu schwängern, entschied Maria Liliencron.

Sie warf einen Blick auf die beiden in aller Unschuld im Wohnzimmer sitzenden Kinder, gab sich einen Ruck und entschwand in ihr Schlafzimmer.

„Ich bin wirklich schon paranoid", dachte sie.

„Lass es gut sein", sagte die Stimme am Telefon als Erstes, nachdem Franz Obermayer sich am Festnetzanschluss der Polizeidienststelle Bad Au gemeldet hatte.

„Bitte was?"

Inspektor Obermayer kannte sich nicht aus, erkannte zwar die Stimme, konnte von dieser Erkenntnis aber nicht auf den Gegenstand schließen, auf den die Worte sich bezogen. Womöglich sagte ihm jetzt der beziehungsweise die Nächste, dass er sich raushalten sollte, ohne dass er wusste, worum es ging.

Und so war es tatsächlich.

„Halt dich raus, Franz, das gibt nur unnötig Ärger. Außerdem steht gar nichts dahinter", fuhr die Stimme fort und ignorierte den Widerspruch, den ihre beiden Aussagen eigentlich darstellten.

Inspektor Obermayer stieß sich hingegen an etwas anderem, das heißt, an einem anderen Widerspruch. Bei ihm hatte es nämlich *klick* gemacht.

„Du meinst den Fliedergrund?", fragte er deshalb.

„Ja, ja, den Fliedergrund. Alles in Ordnung damit, sag ich."

„Aber du hast doch behauptet ..."

„Ja, ja, habe ich. Aber ich habe mich geirrt, das kann schon mal vorkommen. Das war's dann, mein Lieber", sagte die Stimme und die Verbindung brach ab.

Inspektor Obermayer knurrte verärgert. Es waren keine irgendwie artikulierten Laute, die da aus den Tiefen seines beinahe massigen Körpers kamen, aber sie brachten doch deutlich zum Ausdruck, was der Inspektor über diesen Anruf dachte.

„Jetzt erst recht", dachte er nämlich, denn endlich hatte er eine Spur. Zwar hielt er die Stimme am Telefon nicht für die Urheberin der Zettel unter dem Wischerblatt seines Wagens, nicht einmal die Hand, die zu der Stimme gehörte, aber es lag seiner bescheidenen Meinung nach durchaus im Bereich des Möglichen, dass Stimme und Zettel dieselbe Sache ansprachen. Nämlich das Bauprojekt auf dem Fliedergrund, an dem irgendetwas faul sein musste. Denn wenn es dort nichts Außerordentliches zu sehen gäbe, bräuchte sich niemand die Mühe des Zettelschreibens und Telefonierens zu machen.

Etwas Außerordentliches, dachte der Inspektor und meinte damit ganz einfach etwas, das außerhalb der Ordnung lag. Noch nicht unbedingt außerhalb des gesetzlich Zulässigen oder zumindest Machbaren, aber doch außerhalb dessen, was einer guten Gewissens gegenüber seinen Mitmenschen vertreten konnte. Oder gegenüber seinen Mitbürgern.

Erneut war ein Knurren zu hören. Dieses Knurren kam allerdings nicht aus irgendwelchen unbekannten Tiefen, sondern hatte einen ganz konkreten Ursprung: Franz Obermayers Magen, der, von dem halb vertrockneten Käsekornspitz am frühen Nachmittag abgesehen, seit dem Mittagessen nichts mehr bekommen hatte und jetzt laut seinen Unmut darüber kundtat. Das beanspruchte Inspektor Obermayers ganze Aufmerksamkeit. Er begann zu rechnen. Ob er es wagen sollte, erst nach Erledigung aller Wege beim Café Sisi vorbeizufahren? Oder waren die Punschkrapferl dann womöglich schon aus? Zur Not hätte er sich heute auch mit einem Nuss- oder Mohnkipferl zufriedengegeben. Aber manchmal lagen gegen Abend nur noch leere Buttercroissants und Topfengolatschen in der Vitrine. Auf beides konnte der Inspektor gut und gerne verzichten. Sofern es nicht wirklich das Einzige war, womit dem Magenknurren gegenzusteuern war. Buttercroissants waren zu trocken, denen fehlte die Fülle. Sie taugten nach Franz Obermayers Ansicht maximal beim Frühstück als Träger einer ordentlichen Portion Marmelade, am besten noch mit einem großen bisschen Butter darunter. Topfengolatschen hatten wiederum genau die Fülle, dieses säuerliche, pappige Etwas zu viel. Wobei sie ohne diese Fülle auch kein größerer Genuss gewesen wären. Dann noch lieber ein Briochekipferl. Sofern Istvan Sandor Rosinen in den Teig gemengt hatte, versteht sich.

Angesichts dieser wahrhaft weltbewegenden Überlegungen hätte Inspektor Obermayer fast vergessen, dass er auf dem Weg zum Café Sisi unter anderem am Fliedergrund vorbeischauen wollte. Vielleicht hatte er bei seinem ersten Besuch doch etwas übersehen. Vorbeischauen oder vorbeifahren, wenn schon sonst nichts. Zum Glück fiel ihm dieses Vorhaben aus irgendeinem Grund wieder ein, als er an Thomas Machaceks Dienstzimmer vorbeiging und dem Kollegen, der gerade eine wichtige Sache notierte, noch einen schönen Tag wünschte.

Woraufhin Inspektor Machacek beinahe erschrocken aufsah und fragte: „Ach, Sie gehen schon?"

Zum Glück oder zum Unglück erinnerte Inspektor Obermayer sich da wieder an den Fliedergrund, denn als er nach dem kleinen Umweg, ohne etwas Verdächtiges bemerkt zu haben, zum Café Sisi kam, waren die Punschkrapferl aus. Ebenso die Mohnkipferl.

„Darf es vielleicht ein Nusskipferl für den Herrn Inspektor sein?", fragte Petra Sandor liebenswürdig.

Ja, das durfte es.

„Und für den kleinen Jakob?", fragte die verkaufstüchtige Konditorin.

„Ja, für den auch", sagte Inspektor Obermayer. Wenn Petra Sandor das bei allen Kunden so machte, war es kein Wunder, dass heute keine Punschkrapferl mehr für ihn und seinen Liebling übrig geblieben waren.

Es ging schon gegen Abend, als draußen vor Maria Liliencrons kleinem Haus ein Polizeiauto vorfuhr.

„Ach ja, natürlich", fiel es der Lehrerin ein. Obwohl sie inzwischen daran hätte gewöhnt sein müssen, beschleunigte sich ihr Herzschlag bei diesem Anblick doch jedes Mal.

„Jake, dein Vater ist da", rief Iris aus dem Vorraum in Richtung Wohnzimmer. Im Hintergrund hörte man die Spülung rauschen.

Jake, so nannte ihre Tochter diesen Knaben. Dass er gegebenenfalls auch auf den gutbürgerlichen Namen Jakob hörte, wusste Maria Liliencron nur deshalb, weil der Freund der Tochter sich ihr am ersten Abend, als sie die beiden überrascht hatte, so vorgestellt hatte. Das immerhin. Mehr aber nicht und mehr interessierte Maria Liliencron ehrlich gesagt auch nicht, weil erstens davon auszugehen war, dass diese Schwärmerei nicht lange anhalten würde, lag es doch in der Natur solcher Schwärmereien, dass sie sich alsbald in Wohlgefallen auflösten. Zumindest wenn man Glück hatte. Wenn man Pech hatte, hinterließ die Schwärmerei Spuren, die man beziehungsweise frau ausbaden oder austragen musste.

Womit auch der zweite Grund für Maria Liliencrons Desinteresse an diesem Jakob zusammenhing: Sie hatte mehr als genug eigene Sorgen. Darum war sie auch gar nicht heiß darauf, Jakes oder Jakobs Vater kennenzulernen. Ein Polizist war wie der andere, zumal es sich dabei oder, höflicher ausgedrückt, bei ihnen um Vertreter des vermeintlich starken Geschlechts handelte. Und da ein Mann wie der andere war, sah Maria Liliencron ihre Schlussfolgerung hinsichtlich der Austauschbarkeit männlicher Polizisten bestätigt.

Sie verzog sich in die Küche, während die Kinder im Vorraum lautstark mit Schuheanziehen, Schultaschesuchen und Abschiednehmen beschäftigt waren, und starrte gedankenverloren aus dem offenen Fenster. Erst als der sportlich aussehende Mann in Polizeiuniform zurückstarrte, wurde ihr bewusst, dass man sie von draußen sehen konnte. Peinlich berührt wandte sie den Kopf ab und trat an den Geschirrkasten. Sie nahm ein Glas heraus, schenkte sich etwas von dem Rote-Rüben-Saft ein, den sie eigens für sich – Iris mochte ihn nicht – gekauft hatte, und setzte sich damit an den Küchentisch.

Rote-Rüben-Saft. Den hatte sie schon während der ersten Schwangerschaft geliebt, obwohl er damals noch sehr schwer zu bekommen gewesen war. Ein einziges und zugleich das einzige Reformhaus in Bad Au hatte ihn im Sortiment gehabt. Maria Liliencron wäre zudem gar nicht auf die Idee gekommen, dass man aus Salatgemüse Saft pressen konnte. Wozu auch? Es gab Apfelsaft und Orangensaft und Gurkensalat und Rote-Rüben-Salat. Nein, so einfach war die Welt auch damals nicht gewesen, was unter anderem damit zusammenhängen mochte, dass dieses Damals gerade einmal zwölf, dreizehn Jahre zurücklag.

Rote-Rüben-Saft hatte es zu jener Zeit in Bad Au trotzdem nur im Reformhaus Ranunkel gegeben. Das heißt, einmal auch vor diesem Reformhaus, als die Betreiberin, deren Beine noch nie Kontakt mit einer Rasierklinge gehabt hatten und deren Achselhöhlen jegliche Art von Deodorant unbekannt gewesen war, was jedoch nicht weiter aufgefallen war, weil es in dem etwas schummrigen Geschäft ohnehin immer nach einer, gelinde gesagt, gewöhnungsbedürftigen Mischung rein biologischer Ausdünstungen gerochen oder eben gestunken hatte, sodass die spätpubertäre Maria und ihre Freundinnen es höchstens mit demonstrativ zugehaltenen Nasen betreten hatten – als die Betreiberin also einmal auf der Straße vor dem Geschäft kleine Stamperl mit verschiedenen Gemüsesäften zur Verkostung angeboten hatte. Da hatte die achtzehnjährige Maria Liliencron versehentlich, weil sie die violette Flüssigkeit für schwarzen Johannisbeersaft gehalten hatte, Rote-Rüben-Saft probiert. Und war begeistert gewesen. Die Begeisterung hatte noch volle sechs Monate angehalten, um mit Iris' Geburt sehr plötzlich in an Ekel grenzende Ablehnung umzuschlagen.

Die Sache mit dem Rote-Rüben-Saft war eigentlich das Merkwürdigste an der ersten Schwangerschaft gewesen. Der Saft hatte einen Wendepunkt dargestellt. Ein zufälliges Zusammentreffen freilich, aber doch auch ein glückliches, weil Rote Rüben eine Zeit lang so ziemlich das Einzige gewesen waren, was Maria Liliencron keine Übelkeit verursacht hatte. Wohingegen es den meisten Frauen ja eher am Beginn der Schwangerschaft schlecht ging, weil Körper und Geist sich erst mit der neuen Situation abfinden mussten. Maria Liliencron hatte damals beinahe Tag und Nacht darüber nachgegrübelt, was sie tun sollte, nachdem sie getan hatte, was zu tun ein Fehler gewesen war. Von frühzeitigem Abfinden also keine Spur. Trotzdem war die Übelkeit erst mit dem vierten Monat gekommen und die Bekanntschaft mit dem Rote-Rüben-Saft des Reformhauses Ranunkel ein Segen gewesen. Ein Segen, an den Maria Liliencrons Körper sich zu Beginn des vierten Monats der zweiten Schwangerschaft wieder erinnerte, obwohl die Übelkeit dieses Mal glücklicherweise weniger schlimm war und sich eher in Schwindel und Kreislaufproblemen äußerte.

„Igitt, was ziehst du dir denn da rein?" Iris, die, von ihrer Mutter unbemerkt, in die Küche geschlüpft war, verzog angewidert das Gesicht.

„Rote-Rüben-Saft", antwortete Maria Liliencron. „Der ist gut bei ..." Sie stockte, hatte Hemmungen weiterzusprechen. Aber einmal musste es ja heraus. Sie hatte ohnehin schon viel zu lang gewartet. Und wenn sie sowieso noch einmal mit Fred reden musste, konnte sie gleich bei Iris den Anfang machen.

Die Schlussfolgerung war ähnlich logisch und zwingend wie die vorherige über Polizisten, Männer und wieder Polizisten, führte aber dazu, dass Maria Liliencron sich endlich dazu aufraffte, ein ernstes Wörtchen mit ihrer Tochter zu reden. Eine außergewöhnliche Situation, wenn man bedenkt, dass nicht die Tochter auf der Anklagebank, sondern quasi die Mutter im Beichtstuhl saß. Stuhlgang anstelle von Bankgeschäften. Und so fühlte Maria Liliencron sich auch – richtig scheiße.

Mit achtzehn hatte sie damit begonnen, regelmäßig Tagebuch zu schreiben. Davor hatte sie zwar immer wieder halbherzige Versuche gestartet, solch eine Geheimakte anzulegen. Weil es nun mal dazugehörte zum Erwachsenwerden. Zumindest bei den Heldinnen der Mädchenromane, die die zwölf-, vierzehn- und sogar noch die sechzehnjährige Maria verschlang wie andere Kinder Gummibärchen und Pommes Frites. Es war aber nicht viel dabei herausgekommen, weder bei der Konsumation der Romane noch beim Versuch, das eigene Leben als einen solchen festzuhalten. Dafür war es zu langweilig und zu glitschig, das Leben.

Erst mit achtzehn hatte Maria es erwischt, als Mutter Liliencron die Gefahren der Pubertät bereits glücklich überstanden zu haben glaubte. Der Pubertät der Tochter, versteht sich. Da war nämlich plötzlich Philip aufgetaucht, in den die Mädchenromanen und Pubertät eigentlich schon entwachsene Maria sich Hals über Kopf verliebt hatte. Ein blond gelockter Jüngling mit kohlrabenschwarzem ... nein, nicht Haar, das hätte man nicht einmal Maria weismachen können. So blind machte die Liebe sie auch wieder nicht. Aber das Herz des hübschen Philip war dunkelschwarz gewesen, insofern es sich weder von der glühenden Liebe noch den leuchtenden Augen Maria Liliencrons irgendwie merkbar beeindrucken ließ. Oder überhaupt anders auf den Annäherungsversuch reagiert hätte als mit einem Lachen. Das heißt, gelacht hatte natürlich Philip, den man gerade in dieser Beziehung nicht mit seinem Herzen gleichsetzen durfte, weil das Herz das für das Gesamtpaket unwichtigste Organ zu sein schien.

Unwichtig wäre, im Rückblick betrachtet, auch die ganze unglückliche Liebesgeschichte um den schönen Philip geworden, wäre die Interessensbekundung nur eine einseitige geblieben. Dem war aber nicht so. Eine Schulter zum Ausweinen hatte der armen Maria nämlich Philips bester Freund Heinz geboten. Und nicht nur das, also nicht nur eine Schulter, sondern gleich den ganzen Heinz mit allem drum und dran. Der hatte sich Maria aufgedrängt, sich an und in sie gedrängt und so war es schließlich geschehen. Dass Maria sich sogar noch ein bisschen in Heinz verlieben zu müssen geglaubt hatte, war ein Fehler gewesen, aber nicht der einzige. Nicht der schwerste, wie sie gut zwei Wochen danach zu ahnen begonnen hatte. Da hatte dann die Regelmäßigkeit des Tagebuchschreibens die ausbleibende Regel ersetzt. Die Tagebücher von damals hatte Maria Liliencron also aufbewahrt. Damit sie ihre eigene Tochter, wenn sie dereinst in dem Alter war, besser verstünde.

Nun war Iris gerade einmal zwölf, und dem Mädchen ihre alten Tagebücher aufzudrängen, getraute Maria Liliencron sich doch nicht. Aber dass Iris sie verstand, wünschte sie sich dennoch.

Vorerst konnte Iris den Worten der Mutter allerdings noch nicht folgen beziehungsweise hörte sie nur einzelne Wörter, die zusammengenommen keinen Sinn ergaben. Was vielleicht daran lag, dass Maria Liliencron in Gedanken bei ihren Tagebüchern, Heinz und der mikroskopisch kleinen Iris war, die Fälle durcheinanderbrachte und ein bisschen auch die Rollen vertauschte.

„Mama", unterbrach Iris deshalb den unreguliert plätschernden Redefluss ihrer Mutter, „fangen wir noch einmal von vorne an."

Herrje, wo war nur vorne? Maria Liliencron schloss für einen Moment die Augen, um in den Tiefen ihres Hirns oder Herzens nach dem Beginn der Geschichte zu fahnden. Hatte es mit Eckarts Unfall begonnen? Oder erst mit ihrer, Marias, Rückkehr in die Schule? Mit Fred oder eigentlich mit Claudia? Mit Traude oder Ernst oder mit …

„Iris, du warst doch zu Silvester bei Daniela eingeladen. Da habe ich …"

„Stopp, Mama", unterbrach die Tochter die Mutter abermals. „So genau will ich das gar nicht wissen."

„Natürlich nicht, entschuldige bitte", murmelte Maria Liliencron und schlug, peinlich berührt, die Augen nieder.

„So genau nicht", wiederholte Iris, bevor sie sagte: „So habe ich das auch gar nicht gemeint mit dem Noch-einmal-von-vorne-Anfangen."

„Nein?"

„Nein. Ich hab gemeint, wir fangen eben noch einmal bei Windeln und Flascherln und Schnullern an, nur dass es jetzt nicht mehr ich sein werde, die das ganze Zeug braucht, sondern mein ... mein ..." Iris sah ihre Mutter fragend an.

„Dein Brüderchen", ergänzte Maria Liliencron und wagte ein zaghaftes Lächeln.

„Mein Brüderchen also", fuhr die Tochter fort. „Und du wirst dieses Mal auch gescheiter sein", sagte sie mit der ganzen Bestimmtheit einer Zwölfjährigen, deren Welt – aus Sicht der Erwachsenen, versteht sich – noch so wunderbar einfach war.

Für Maria Liliencron war sie das nicht mehr und sie bezweifelte daher stark, dass sie selbst inzwischen gescheiter geworden war. Im Gegenteil. Das zeigte doch die zweite Schwangerschaft, die nicht nur aus Gründen der Biologie eine Wiederholung der ersten zu sein schien, wenngleich mit einem Y- statt einem X-Chromosom. Aber vielleicht war Iris ja gescheit genug.

„Wie meinst du das?" Maria Liliencron sah ihre Tochter fragend an.

„Du wirst dir die Alimente vom Herrn Erzeuger holen", erklärte das Mädchen.

Das musste sie aus einem Film haben, dachte Maria Liliencron. Das und die leider nur allzu zutreffende Annahme, dass dieser Erzeuger mit den Damen Liliencron nicht in einem Haushalt leben und sich daher auch nicht tatkräftig anstatt nur finanziell an der Erziehung seines Sprösslings beteiligen würde. Oder ...

„Zum Kindermachen gehören schließlich zwei. Da kann der Mann auch zahlen." Im Gegensatz zu ihrer Mutter schien Iris aus den Erfahrungen der letzten zwölf Jahre gelernt zu haben. Vielleicht war ihre Tochter doch schon erwachsener, als Maria Liliencron gedacht hatte.

„Und weißt du was?" Iris' Stimme klang munter. „Ich freue mich schon auf ... Benni?"

„In Ordnung", nickte Maria Liliencron. Sie hatte bisher ohnehin noch nicht Zeit und Muße gefunden, um sich einen Namen für ihren ungeborenen Sohn zu überlegen. Sollte Iris ihre Freude haben. Benni, Benjamin, das war allemal besser als Lukas, Luca, Leon und all die Larifarinamen, die zurzeit in Mode waren. Außerdem sollte dieses Kind, dieser Benjamin, das jüngste Mitglied seiner Liliencron-Generation bleiben. Definitiv.

„Aber, du, wo wir gerade bei Namen sind", wechselte Maria Liliencron erleichtert das Thema. „Wie heißt dein Jakob – oder meinetwegen Jake – eigentlich noch?"

„Obermayer."

„Ach, der Sohn vom Polizeiinspektor?"

„Richtig", antwortete Iris und hüpfte zur Küchentür hinaus.

Maria Liliencron sah ihrer Tochter stirnrunzelnd nach. Irgendetwas stimmte hier nicht.

Traude Kranzlbauer hatte aufgegeben. Die Mehrfachbelastung ging einfach über ihre Grenzen. Das hätte sie auf ihre alten Tage nicht mehr nötig, fand sie.

Nicht, dass Frau Kranzlbauer sich mit ihren vierundfünfzig Jahren tatsächlich alt gefühlt hätte. Weit gefehlt. Kinder hielten jung, zumal wenn es nicht die eigenen waren, man sie also nach spätestens sechs Stunden Unterricht getrost wieder abgeben beziehungsweise verlassen oder jedenfalls entlassen durfte. Die alten Tage bezogen sich darum weniger auf das Gefühl als auf das Dienstalter. Weil das Alter ab einem gewissen Zeitpunkt doch irgendwie nicht mehr vom Anfang, sondern vom Ende her gemessen wurde. Zumindest das Pensionsantrittsalter, das daher immer weiter stieg, je höher die Lebenserwartung kletterte. Und in Zeiten von künstlichen Knie- und Hüftgelenken war es um deren Kletterkünste erstaunlich gut bestellt.

Erstaunlich gut oder erschreckend schlecht, das war Ansichtssache, genauso wie das Alter einer Person beziehungsweise die Antwort auf die Frage, ob diese Person alt oder jung zu nennen war. Ansichtssache und auch ein bisschen situationsabhängig. Während Traude Kranzlbauer in der Schule nämlich ganz gerne mal die erfahrene, lang gediente Lehrerin mimte, fühlte sie sich zu Hause in den eigenen vier Wänden noch quicklebendig und sprühte vor Energie. Besonders, wenn es sich um die vier Wände ihrer Küche handelte, was vielleicht auch am Vergleichsmaterial lag. Nein, nicht am Alter der Wände, denn das Haus, zu dem diese gehörten, war völlig unspektakulär Mitte der 50er Jahre errichtet worden. Von Altbau konnte also gar keine Rede sein. Alt waren vielmehr die Rezepte, denen Traude Kranzlbauer sich mit Hingabe widmete. Kaloriengeschwängerte Köstlichkeiten aus der zweiten Hälfte des 19. Jahrhunderts, als böhmische Köchinnen die Wiener und ihre Umgebung mit ihren Künsten um den kleinen Finger gewickelt hatten. Oder vielleicht besser eingekocht hatten, denn wem einmal solch eine kochfreudige Tschechin ins Haus gekommen war, der veränderte seine Figur zwangsläufig dahingehend, dass man ihn nur noch um irgendetwas – und sei's ein Finger – herumrollen, aber bestimmt nicht mehr wickeln konnte.

Wenn Traude Kranzlbauer also davon sprach, dass sie so etwas auf ihre alten Tage nicht mehr nötig habe, musste dieses Etwas mit der Schule in Verbindung stehen. Und der, zu dem sie davon sprach, war der interimsmäßige Leiter dieser Schule, Alfred Kuntz.

„Ich habe das nicht mehr nötig", wiederholte sie, wobei sie die alten Tage unter den Tisch fallen ließ, als würde sich eine Wiederholung dieser Phrase womöglich auch negativ auf das gefühlte Alter auswirken.

„Der Landesschulrat ist dank meiner Vorgängerin anderer Ansicht", wandte der Herr Direktor ein.

„Die Glaunigg-Althoff hat uns aber zum Glück verlassen", sagte Traude Kranzlbauer, als wären damit alle Probleme vom Tisch.

„Und was soll ich jetzt tun?", fragte der Direktor und wirkte irgendwie betreten.

„Gar nichts", erwiderte Traude Kranzlbauer, „du hast ja auch früher nichts getan."

„Das ist nicht wahr, ich habe immerhin versucht", ereiferte sich Alfred Kuntz, schluckte den Rest der Bemerkung jedoch hinunter oder versuchte es jedenfalls, wobei ihm aber etwas im Halse stecken zu bleiben schien. Das wäre mit Traudes Keksen nicht passiert.

Aber um Frau Kranzlbauers Kekse ging es gar nicht, sondern um ihre Masterarbeit, die zum geforderten Studienabschluss und damit zur Legalisierung der seit Jahren erfolgreich ausgeübten Tätigkeit führen sollte. Allerdings führte das zu weit, führte wenigstens Traude Kranzlbauer zu weit, genauer gesagt: nirgendwohin außer ins Burnout. „Und dafür bin ich wirklich zu alt", erklärte sie. „Burnout ist eine Krankheit für junge Menschen. Die will ich ihnen nicht streitig machen."

„Das ist keine Krankheit", wandte Alfred Kuntz ein, „sondern ein vorübergehender Zustand."

„Zustand oder Umstand, ich brauch das nicht", gab Frau Kranzlbauer entschieden zurück.

„Das braucht niemand", seufzte der interimsmäßige Herr Direktor. „Aber wo du schon von Umständen redest. Sagt dir der Name Petra Windsperger etwas?"

„Hm", überlegte Traude Kranzlbauer und dachte angestrengt nach. „Wer soll das sein?", fragte sie, da der Name in ihrem Kopf keinen Widerhall fand.

„Die Vertretung für Maria", sagte der Direktor. „Soll aus Bad Au kommen. Deshalb habe ich gedacht, du kennst sie vielleicht."

„Möglich, aber bei den Jungen bin ich nicht mehr auf dem Laufenden", gab Frau Kranzlbauer zu und fühlte sich nun doch ein bisschen alt.

Der Direktor wollte etwas erwidern, doch in diesem Moment klopfte es an der Tür. Er und Frau Kranzlbauer wandten gleichzeitig die Köpfe in die Richtung, aus der das Geräusch gekommen war.

„Herein", rief Alfred Kuntz.

„Fred, ich muss ...", sagte Maria Liliencron beim Hereinkommen, verstummte aber sofort wieder, als sie die Kollegin erblickte. Oder verstummte nicht wirklich, setzte ihre Rede jedoch anders fort als ursprünglich beabsichtigt. „Oh, Traude", sagte sie nämlich, „tut mir leid, ich wollte nicht stören, ich ..."

„Du störst nicht", beruhigte die Ältere sie. „Ich wollte sowieso grad gehen."

„Musst du nicht, ich komm einfach später wieder", beeilte Maria Liliencron sich zu sagen. Sie schien beinahe erleichtert über die Anwesenheit der Kollegin zu sein und wandte sich in Richtung Tür.

Ein Wort des Direktors hielt sie zurück. „Bleib", sagte Alfred Kuntz und fügte hinzu: „Wir haben eh gerade über dich gesprochen."

„Über mich?"

„Ja. Oder nein. Nicht direkt. Es ging um deine Karenzvertretung. Der Landesschulrat schickt uns eine gewisse Petra Windsperger. Kennst du die?"

Maria Liliencron kramte in ihrem Gedächtnis, kramte darin länger als Traude Kranzlbauer in dem ihren, wurde im Gegensatz zur Kollegin aber fündig, obwohl sie den Namen nicht sofort einordnen konnte.

„Petra Windsperger", murmelte sie nachdenklich. „Hab ich schon einmal gehört." Hatte Eckart nicht ... „Richtig", sagte Maria Liliencron eigentlich zu sich selbst, sprach das Wort aber laut aus, sodass sie gezwungen war weiterzureden. „Sehr jung. Hat letzten Sommer einen Mechaniker geheiratet."

„Jung ist relativ", wandte Alfred Kuntz mit einem Blick auf seinen Computerbildschirm ein, wo offenbar die Daten der Petra Windsperger zu lesen waren. „Sie ist immerhin ein 80er-Baujahr."

Aus Maria Liliencrons Augen blitzte es zornig. „Jung", wiederholte sie mit Nachdruck, um dann den nächsten Pfeil abzuschießen. „Außerdem ist sie kein Auto mit *Baujahr*, nur weil sie mit einem Mechaniker verheiratet ist. Sag lieber *Jahrgang*."

„Würde ich glatt tun, wenn ihr Mann Winzer wäre", gab Alfred Kuntz überraschend schlagfertig zurück.

Traude Kranzlbauer sah irritiert von einem zur anderen und trat dann den Rückzug an. Über die Konsequenzen ihrer Weigerung, *auf ihre alten Tage* noch ein Studium samt Masterarbeit abzuschließen, konnte sie mit dem lieben Herrn Direktor ein anderes Mal sprechen. Jetzt wurde es ihr hier zu ungemütlich. Rasch verabschiedete sie sich von Kollegin und Direktor – in dieser Reihenfolge – und verließ den Raum.

Alfred Kuntz starrte einen Moment lang auf die Tür, die sich hinter der Lehrerin geschlossen hatte. Dann fasste er sich ein Herz und wandte sich Maria Liliencron zu. „Was gibt es, Maria?"

Die Frage danach, was er für sie tun könne, wollte er lieber nicht mehr stellen. Er musterte die vor ihm Stehende verstohlen. Die blonden Haare hatte die Sonne – wann eigentlich? – noch heller gemacht. Unter dem leichten Make-up meinte Alfred Kuntz einen Hauch Sonnenbräune zu entdecken. Gut sah sie aus, die Maria. Selbst die fortgeschrittene Schwangerschaft konnte ihrer sexy Figur nichts anhaben. Vom sich unter dem elastischen Sommerkleid wölbenden Bauch einmal abgesehen. Dafür wölbte sich auch der Busen rund und prall unter demselben elastischen Stoff. Wenn Claudia vielleicht ... aber nein, sie wollten ja keine Kinder. Dann lieber noch Silikon. Obwohl ... sobald sie in das Haus gezogen wären ...

Es hatte doch Vorteile, ein Parteibuch zu besitzen. Selbst wenn es sich nur um eine Liste handelte. Mit Liste und Tücke zum Eigenheim hätte der Slogan lauten können. Ohne Tücke eignete er sich beinahe für den nächsten Wahlkampf, fand Herr Kuntz und war ein bisschen stolz auf seine Formulierungskünste. Wobei die Mitgliedschaft im Stadtverein, wie Claudia die Bürgerliste an einem ihrer wenigen guten Tage – oder war's ein weniger guter Tag gewesen? – genannt hatte, allein noch nicht ausgereicht hätte, denn ein Teil des hübschen Reihenhäuschens musste dennoch bezahlt werden. Doch weil die Bad Auer Bürgerliste trotz allem einer Partei und ihr Führer oder lieber Anführer einem echten, also einem Landespolitiker nahestand, hatte er, Alfred Kuntz, den Posten des Direktors angeboten bekommen. Vorläufig, bis sich jemand Besseres fand, also jemand mit besseren Beziehungen. Aber je mehr Direktorengehälter auf seinem Konto landeten, umso besser für ihn, meinte Herr Direktor Kuntz. Im Übrigen machte er den Job nicht schlechter als andere.

„Fred?" Maria Liliencron stand immer noch vor ihm.

Möglich, sinnierte Alfred Kuntz, dass ihre Beine ein bisschen dicker geworden waren. Sie wirkten irgendwie geschwollen, eigentlich gar nicht appetitlich, wenn er sie recht besah. Aber bei Schwangeren ...

„Maria, bitte setz dich doch", sagte der liebe Herr Direktor hastig, sprang selbst sogleich auf, um der Lehrerin, beinahe gewaltsam, einen Sessel unter den gar nicht angeschwollenen, sondern immer noch knackigen Hintern zu schieben. Beinahe hätte Maria Liliencron das Gleichgewicht verloren. Fred konnte manchmal richtig umwerfend sein. „Was wolltest du mir sagen?", versuchte der Herr Direktor das Gespräch fortzuführen oder eigentlich erst einmal in Gang zu bringen.

Im nächsten Moment wünschte er sich freilich, er hätte es nicht getan.

„Das Kind ist von dir", hörte er Maria Liliencron sagen, bevor deren Stimme von einem ungleich lauteren Organ übertönt wurde.

„Nein, nein, nein", schrie es in Alfred Kuntz' Kopf, sodass der Direktor glaubte, sich die Ohren zuhalten zu müssen. Wofür es eindeutig zu spät war. Die Worte der Lehrerin waren bereits an sein Ohr gedrungen, waren in ihn gefahren, wie der Teufel in ihn gefahren war, als er seine Claudia mit der hübschen blonden Kollegin betrogen hatte, damals noch nicht seine Untergebene, weil er selbst noch von jedem Direktorenposten weit entfernt gewesen war.

„Nein, nein, nein", versuchte die Stimme in seinem Kopf, die Worte Maria Liliencrons dennoch ungehört und damit ungeschehen zu machen. Vergeblich. Denn dass die Kollegin und (!) Untergebene recht hatte oder zumindest recht haben konnte, wusste Alfred Kuntz nur zu gut.

Die Erinnerung an die Silversternacht hatte sich nicht wegsaufen lassen, war keiner alkoholbedingten Amnesie zum Opfer gefallen, obwohl er das sich selbst genauso wie Maria Liliencron weiszumachen versucht hatte. Und ohne dass es eine Absprache gegeben hätte, war die Kollegin darauf eingestiegen, hatte seinen vorgetäuschten Filmriss dazu verwendet, das Vorgefallene zu leugnen, auf dass die Welten der beiden daran Beteiligten nicht aus den Fugen gerieten. Nur dass inzwischen halt eine dritte Person daran beteiligt war, war so nicht geplant gewesen. Obwohl – was hieß denn schon geplant? Geplant war gar nichts gewesen. Zumindest nicht in Bezug auf Maria. Die hatte ihn bis zu jenem Abend überhaupt nicht interessiert. Wenn er es richtig bedachte, hatte außerdem sie sich ihm aufgedrängt, hatte sie ihn verführt, denn wozu sonst zog frau sich so ein ultrakurzes Nichts an, das den Busen fast so weit rausschauen ließ wie die langen Beine? Nichts geplant hatte womöglich nur er. Ganz sicher sogar hatte nur er nichts geplant, wohingegen sie, dieses Luder, es wahrscheinlich schon die ganze Zeit auf ihn abgesehen hatte. Auf ihn und auf seine Karriere. Und weil sie an der jetzt nicht teilhaben durfte, wollte sie ihm alles kaputt machen, ihn entweder bloßstellen oder erpressen. So sah es aus.

„Ich bring sie um", schoss es dem allzu lieben Herrn Direktor durch den Kopf, bevor ihm schmerzlich bewusst wurde, dass ihm zu solchen Dingen erfahrungsgemäß das Talent fehlte. Das hatte er schon bei einer anderen Frau nicht geschafft. Obwohl jetzt natürlich mehr auf dem Spiel stand. Der Direktorenposten, das Haus, Claudia. In dieser Reihenfolge.

„Du erwartest doch wohl nicht von mir ...“, riss Alfred Kuntz sich aus dem Gedankenstrom, der am Ende schon gefährlich zu werden drohte. „Du erwartest doch wohl nicht von mir ...“, wiederholte er, ohne selbst zu wissen, welche ihm gegen den Strich gehende Erwartung Maria Liliencron haben könnte. Er war sich allerdings sicher, dass ihm jede ihrer Erwartungen gegen den Strich gehen würde. Sonst wäre Maria Liliencron heute nicht zu ihm gekommen, sondern hätte weitergeschwiegen.

„Ich habe dir gerade gesagt, was ich von dir erwarte“, erwiderte die junge Lehrerin. „Denk darüber nach.“ Dann ging sie und ließ Alfred Kuntz ratlos zurück.

Zuhören war nicht gerade seine Stärke.

Schuss. Aus

Als er den Schuss hörte, hielt der Inspektor zunächst ganz still. Er lauschte, aber es war kein weiteres Geräusch zu vernehmen. Mangels neuer Batterien tickte nicht einmal die Uhr über der Tür. Ihre Zeiger standen, wie seit Tagen, auf fünf nach zwölf.

„Soll sich doch der Tom darum kümmern", dachte Inspektor Obermayer und meinte damit den Schuss, der deutlich zu hören gewesen, aber anscheinend folgenlos geblieben war. Keine Schritte auf dem Gang, keine Stimmen, überhaupt nichts.

Der Inspektor erhob sich nun doch schwerfällig. Es blieb ihm nichts anders übrig, denn Thomas Machacek hatte den Schuss entweder nicht gehört oder einfach ignoriert. Seltsam, aber was konnte man machen? Wahrscheinlich hatte der liebe Kollege sich in einem akuten Anfall von Midlife-Crisis die Kopfhörer aufgesetzt und zog sich irgendeine Rock-and-Roll-Musik rein. Das konnte mit Mitte vierzig schon mal vorkommen. Franz Obermayer erinnerte sich noch gut daran, auch wenn Rock-and-Roll nicht gerade seine Leidenschaft gewesen war, egal in welchem Alter.

Er trat auf den Gang. Hier war niemand zu sehen, doch die Tür zu Inspektor Machaceks Dienstzimmer stand offen. Franz Obermayer seufzte und machte sich auf den Weg zu dem Kollegen, der aus exakt dreiundzwanzig obermayerschen Schritten bestand. Mit Thomas Machaceks Schrittmaß hätten achtzehn genügt. Wenn er einen guten Tag hatte.

Heute hatte Inspektor Machacek allerdings entschieden keinen guten Tag, was schade war, handelte es sich doch um seinen letzten. Andererseits brachte es das Leben mit sich, dass einer an seinem letzten Tag starb, weshalb man diesen letzten Tag eigentlich nur im Falle eines ziemlich unerfreulichen Lebens als gut bezeichnet hätte. Was auch wieder traurig gewesen wäre.

Mit anderen Worten: Als Inspektor Obermayer mit Schritt Nummer vierundzwanzig das Dienstzimmer des Kollegen betrat, lag dieser in der Mitte des Raumes und, was schwerer wog, in seinem Blut, das einen kleinen tiefroten See um seinen Kopf bildete. Keinen Mucks machte der Inspektor mehr. Der tote Inspektor, versteht sich. Sein lebender Kollege hingegen gab einen Laut der Überraschung von sich, als er Thomas Machaceks Dienstwaffe in der Hand der Mitzi Calloni sah.

Die Überraschung währte jedoch nur einen Moment, dann hatte sich Inspektor Obermayer wieder gefasst. „Geh, Mama, nicht schon wieder", sagte er genervt.

„Tut mir leid, Franz, aber der dumme Bub hätte sonst alles ausgeplaudert", erklärte Mitzi Calloni seelenruhig und hielt ihrem Sohn, mit dem Griff voran, Machaceks Dienstwaffe entgegen.

„Danke, Mama, wäre aber nicht nötig gewesen. Und die Waffe kannst du behalten. Also, nicht behalten", korrigierte er sich, „aber ich fasse sie sicher nicht an. Du weißt schon, Fingerabdrücke und so."

Natürlich wusste Mitzi Calloni das. Darum hatte sie ja damals, als sie den alten Obermayer aus dem Weg geräumt hatte, damit der den zugegeben missratenen Sohn nur halb und nicht ganz tot prügelte, ihre hübschen Seidenhandschuhe getragen, die noch von der ersten Hochzeit, der mit dem seligen Rudolf Bauer, stammten. Jetzt trug sie keine Handschuhe.

„Bist du wahnsinnig, Mama?", fragte Franz Obermayer, obwohl er es besser wusste oder zumindest wissen musste.

„Franz, versteh doch, dieser Thomas hätte alles auffliegen lassen – das mit dem Jakob und so. Dann wärst du dumm dagestanden."

„So stehe ich auch nicht besser da, mit einer Mörderin als Mutter", sagte Franz Obermayer, zunehmend verzweifelt.

Mitzi Calloni schaute ihn abfällig an. „Ist das für dich etwas Neues, dass deine Mutter eine Mörderin ist? Du hast doch gewusst, was mit deinem Vater passiert ist. Dass er den Schuss nicht selbst abgegeben hat. Jetzt erzähl mir nicht, dass das auf einmal ein Problem für dich ist."

„Doch, ist es", beharrte Franz Obermayer, „ein sehr großes sogar."

„Das hättest du dir früher überlegen sollen, bevor du ihn mit deiner Sturheit provoziert hast."

„Mit meiner Sturheit provoziert?", fragte Inspektor Obermayer fassungslos. „Vorher überlegen? Glaubst du denn, es war mein Wunsch, schwul zu sein? Meinst du, ich hätte eine Wahl gehabt?"

„Ich bitte dich, Franz, musst du das so direkt formulieren?"

„Wie soll ich es denn sonst formulieren? Soll ich lieber sagen, dass ich eine Schwuchtel bin? Oder dass ich den Walter hundertmal lieber habe als die Belinda? Willst du das hören?"

Inspektor Obermayer riss sich das Hemd auf. Sein Kopf war vor Aufregung knallrot geworden, das Toupet verdeckte nur noch die Hälfte der Halbglatze, also ein Viertel des obermayerschen Kopfes, was auch wieder nicht stimmte, weil sich ja selbst eine Vollglatze nicht über oder um den ganzen Kopf zog, weshalb das Toupet also auch an seinem angestammten Platz nicht exakt die Hälfte von was auch immer verdeckt hätte. In der momentanen Situation waren derlei Überlegungen aber ohnehin für den A...

„Um Gottes willen, Franz, doch nicht in diesem Ton!"

Mitzi Calloni schien ernsthaft bestürzt zu sein, ob aufgrund der ersten oder der zweiten Alternativformulierung ihres Sohnes sei dahingestellt. Auf jeden Fall legte sie jetzt die Dienstwaffe des immer noch toten Thomas Machacek, über dessen Körper hinweg die beiden diskutierten, auf den Schreibtisch.

„Mama", rief Franz Obermayer entsetzt, „nimm sie weg. Das ist jetzt keine Dienstwaffe mehr, sondern eine Mordwaffe."

„Ich weiß, mein Sohn", erwiderte Mitzi Calloni, die ihre Haltung wiedergefunden hatte. „Und um das Thema von vorhin noch einmal aufzugreifen: Ich habe nicht deinen Vater gemeint, sondern diesen Thomas, den du nicht hättest provozieren sollen."

„Womit denn provozieren?"

„Damit, dass du deine Nase zu tief in dieses Bauprojekt auf dem Fliedergrund gesteckt hast, obwohl er dir dringend geraten hat, das zu unterlassen", erklärte Mitzi Calloni.

„Er?" Inspektor Obermayer wirkte ehrlich überrascht.

„Natürlich er. Herrje, Franz, schaust du eigentlich hin und wieder aus dem Fenster deines hübschen Arbeitszimmers? Schaust du manchmal auf den Parkplatz, auf den Gang, auf die Straße? Siehst du überhaupt irgendetwas von dem, was rund um dich herum geschieht?"

Inspektor Obermayer hatte den Kopf mit dem verrutschten Toupet gesenkt. „Ich sehe vor allem einen toten Kollegen", murmelte er. Und lauter sagte er: „Einen toten Kollegen, den meine Mutter auf dem Gewissen hat. Falls du so etwas überhaupt besitzt." Dabei schaute er Mitzi Calloni erstmals direkt in die Augen.

„Was besitze ich?", wollte diese wissen.

„Ein Gewissen", antwortete Inspektor Obermayer.

„Na, zumindest habe ich ein Gedächtnis", sagte Mitzi Calloni. „Und deshalb weiß ich, dass dieser Thomas vor fünf Minuten Dienstschluss hatte und du etwas tun musst, damit euer Reinigungspersonal nicht über seine Leiche stolpert."

Inspektor Obermayer schüttelte fassungslos den Kopf. „Mama, ich werde dir dabei nicht helfen können", sagte er resigniert. „Beim Wegschaffen der Leiche nicht, aber vor allem nicht bei dem, was danach kommt ... kommen muss."

„Brauchst du auch nicht", meinte Mitzi Calloni gelassen.

„Dann wanderst du ins Gefängnis", sagte ihr Sohn aufgebracht.

„Schau, Franz, ob man in meinem Alter ins Pflegeheim oder in den Häfen geht, ist wurscht. Da ist alles Endstation."

„Du willst ins Pflegeheim?" Jetzt war Inspektor Obermayer ernstlich entsetzt.

„Nein, Franz, das will ich nicht, das will niemand. So was behaupten höchstens die liebenden Angehörigen. Aber über kurz oder lang wird mir nichts anderes übrig bleiben. Ich darf nicht davon ausgehen, dass ich den nächsten Schlaganfall auch mit nur einem hängenden Augenlid überstehe. Und weil mir langsam das Geld ausgeht, kann ich mir kein gutes Heim leisten, sondern müsste nehmen, was ich krieg, beziehungsweise dorthin gehen, wo sie mich nehmen. Und im Gefängnis müssen sie mich nehmen, weil ich doch den guten ... wie hieß dieser Thomas gleich noch? Macho?"

„Den guten Thomas Machacek. Und den guten Franz Obermayer senior, nicht zu vergessen", warf Inspektor Obermayer ein.

„Der war nicht gut."

„Stimmt, war er nicht. Aber", erstickte er die aufkeimende Diskussion über Gut und Böse im Keim, „warum geht dir das Geld aus?"

Da wurde Mitzi Calloni ein wenig verlegen. „Na ja, weißt du", druckste sie herum, „ich habe doch der Petra versprochen, dass sie hunderttausend kriegt, wenn sie heiratet."

„Der Petra Sandor?“, fragte Franz Obermayer entgeistert und vergaß, dass deren Hochzeit schon fast zehn Jahre zurücklag.

„Nein, der Petra Jellacic natürlich“, sagte Mitzi Calloni unwillig und bewies damit, dass es mit ihrem Gedächtnis doch nicht so weit her war, jedenfalls nicht mit ihrem Kurzzeitgedächtnis, weil die liebe Petra seit dem Sommer nicht mehr Jellacic, sondern Windsperger hieß.

Inspektor Obermayer hatte das verdrängt. Also, nicht die Namensänderung, sondern die lang zurückliegende Entscheidung seiner Mutter, ihre Liebe dem Töchterchen einer verstorbenen Freundin zukommen zu lassen, nachdem der eigene Sohn sich als eine solche Enttäuschung entpuppt hatte, dass man seinetwegen sogar den Vater hatte aus dem Verkehr ziehen müssen. Allein seinetwegen.

„Und dieser Petra hast du also dein ganzes Geld gegeben, obwohl die nichts weiter als die Tochter einer zufälligen Bekannten ist?“, fragte der verschmähte Sohn und dachte dabei an den kleinen Jakob, obwohl auch der rein biologisch weder mit ihm noch mit Mitzi Calloni verwandt war.

„Musste ich doch, ich hab’s versprochen“, verteidigte sich die liebevolle Patentante.

„Du hast auch deinen drei Ehemännern versprochen, sie zu lieben, zu achten und zu ehren, bis dass der Tod euch scheide“, warf Franz Obermayer ein.

„Und ich habe mich daran gehalten“, erklärte Mitzi Calloni, wobei sie vergaß oder ihrerseits verdrängte, dass es mit Liebe, Achtung und Ehre nicht so ganz bis zum Tod gereicht hatte, obwohl dieser schnell genug oder jedenfalls schneller als von der Natur geplant gekommen war.

„Wo wir schon dabei sind“, erinnerte sich wenigstens Sohn Franz an den Tod des letzten, „hast du von diesem Calloni nicht einen Haufen Geld geerbt? Ich hab da irgend so was in der Zeitung gelesen.“

„Aber geh“, winkte Mitzi Calloni ab, „da war nicht viel zu holen.“

„War er nicht berühmt, dein Herr Sänger?“

„Das wäre er nur gern gewesen“, erwiderte seine Witwe und überlegte, ob jetzt der Zeitpunkt dafür war, die Karten offen auf den Tisch zu legen. Auf den Tisch des toten Thomas Macho oder Machocek oder wie auch immer der Mann geheißen hatte, der ihren

Franz durch die Zeugung seines Jakobs gerettet hatte, aber gerade dadurch zur ständigen, täglichen Bedrohung geworden war. Wobei dieser Thomas Wie-auch-immer jetzt auch keine Rolle mehr spielte, ging es doch gerade um Federico Calloni, der zuletzt keine Rolle mehr gespielt beziehungsweise bekommen hatte, weil sich sein im Sinken begriffener Stern selbst durch chemische Höhenflüge nicht mehr hatte halten können. Das Geld war verpufft oder verschnupft oder jedenfalls weg, der Stern wollte sich nicht mehr erheben und so waren das Einzige, was stieg, die Schulden. Und bevor die dank zunächst günstigem Ehevertrag auch das ererbte Vermögen der Mitzi Schuster-Bauer-Obermayer-Calloni überstiegen, musste der Sache Einhalt geboten, musste der unglückliche Federico Calloni also gleich seinen Vorgängern beseitigt werden. Inzwischen hatte seine liebe Frau und baldige Witwe darin, das heißt in der Beseitigung unliebsamer Ehemänner, eine gewisse Übung.

Aber – lag's daran, dass aller guten Dinge drei und nicht vier waren, oder daran, dass Thomas Machacek weder ihr noch sonst einer Frau Ehemann war – jetzt fühlte sich Mitzi Calloni müde. Nicht mehr lange und es würde auch ihr Stern zu leuchten aufhören, verglühen und sich vermutlich im Nirgendwo auflösen. Da konnte man davor schon mal eine Generalbeichte ablegen, um, wenn schon nicht als Stern, so doch wenigstens als gute oder meinetwegen einfach nur als Seele in den Himmel zu kommen. Wobei Mitzi Calloni ihren Glauben an diesen Himmel spätestens als Frau Obermayer eingebüßt hatte. Aber im wahrscheinlich letzten Lebensabschnitt war es vielleicht nicht das Schlechteste, sich ein wenig auf das verheißene oder angedrohte Danach vorzubereiten und sich die durch Mord und Totschlag vertanen Möglichkeiten durch Beichte und Reue wiederzueröffnen, selbst wenn man nicht daran glaubte. Hilft's nichts, schad's nichts, lautete die Devise.

Nur dass Franz Obermayer junior da nicht mitspielte, die Generalbeichte, zu der seine Mutter sich nach Momenten des Zögerns entschlossen hatte, gar nicht hören wollte, sondern stattdessen zum Telefonhörer griff, um seinen Vorgesetzten anzurufen. Es würde dauern, bis der einen Kollegen oder deren zwei aus der Bezirkshauptstadt geschickt haben würde, aber die Zeit drängte ja nicht mehr. Thomas Machacek würde auch in einer Stunde noch tot sein.

Er hatte Thomas Machaceks Dienstzimmer abgeschlossen und die Frau von der Reinigungsfirma, die gottlob erst mit zwanzigminütiger Verspätung gekommen war, gleich beim Eingangstor abgepasst, um sie wieder nach Hause zu schicken. Sie solle sich heute freinehmen, er, Inspektor Obermayer, habe noch etwas zu erledigen und werde anschließend selbst alles in Ordnung bringen. Dem zweifelnden Blick der guten Frau hatte er mit seiner ganzen Autorität als Polizeiinspektor der Stadtgemeinde Bad Au standgehalten. Bis die Frau die Schultern gezuckt und den Heimweg angetreten hatte. Man wollte schließlich nicht um Arbeit betteln, solange man bezahlt wurde. Jetzt saß der Polizeiinspektor mit Mitzi Calloni in der Teeküche der Polizeidienststelle. Das heißt, eigentlich saß nur Frau Calloni. Ganz ruhig saß sie da, die Hände, um deren Gelenke sich Handschellen schlossen, vor sich auf den Tisch gelegt. Franz Obermayer hingegen hielt es nicht auf seinem Sessel. Vielleicht zum ersten Mal in seinem Leben war ihm nicht nach Stillsitzen zumute.

„Magst einen Kaffee?", fragte er und sprang, ohne eine Antwort abzuwarten, beinahe auf.

„Gibt es so etwas in diesem Etablissement denn?"

„Ein Verlängerter aus dem Café Sisi ist es nicht", räumte der Inspektor ein. „Aber man kann's trinken, wenn es sonst nichts gibt. Außerdem", fügte er hinzu, „gewöhnst du dich besser dran, dass du schlucken musst, was man dir vorsetzt, auch wenn's dir nicht schmeckt."

„Wie im Heim", kommentierte Mitzi Calloni abschätzig.

„Wenn du meinst." Inspektor Obermayer wollte sich auf keine Diskussion mehr einlassen. „Milch?", fragte er knapp.

„Ich bitte darum", entgegnete Frau Calloni merkwürdig steif. „Und drei Stück Zucker."

„Gibt's nicht. Kandisin kann ich dir anbieten."

„Sag nicht, ihr achtet hier auf eure Figur." Der Spott in Mitzi Callonis Stimme war nicht zu überhören.

„Ich nicht", gab Inspektor Obermayer zu, „aber der Tom ... hat's getan." Er stellte zwei Henkeltassen auf den Tisch und wandte sich dann noch einmal zum Küchenkasten, aus dem er ein Döschen Süßstoff herausnahm.

„Das ist ja nicht einmal echtes Kandisin", empörte sich Mitzi Calloni. „Nur so ein Billigimitat."

„Ob du einen Nachbau von Zucker oder den Nachbau vom Nachbau hast, ist auch schon egal. Außerdem solltest du dich eh daran gewöhnen ...“

„... dass ich schlucken muss, was man mir vorsetzt, auch wenn’s mir nicht schmeckt“, nahm die Calloni ihm das Wort aus dem Mund. „Kannst du mir bitte die Handschellen abnehmen? Sonst verschütte ich den sogenannten Kaffee noch und du musst wirklich noch wischen, nachdem du der Putzfrau freigegeben hast.“

„Lass die Späße“, entgegnete Inspektor Obermayer, während er Mitzi Calloni von den Handschellen befreite. „Was hätte ich anderes tun sollen? Tatort ist Tatort, da hat eine Putzfrau nichts zu suchen, sonst beseitigt sie am Ende noch alle Spuren.“

„Du musst es ja wissen“, sagte Mitzi Calloni, nahm einen Schluck aus der Tasse und verzog angewidert das Gesicht. „Ekelhaftes Zeug“, urteilte sie.

Inspektor Obermayer schwieg. Als er die Kollegen aus der Hauptstadt draußen auf dem Parkplatz vorfahren sah, legte er Frau Calloni die Handschellen vorsorglich wieder an.

Im Café Sisi

Auf dem Fliedergrund herrschte reges Leben. Als hätten der Regen Anfang Juni und die übergangslos darauf folgende Hitze des Frühsommers sie dazu animiert, waren viele kleine Reihenhäuser aus dem von den Baufahrzeugen aufgerissenen Boden geschossen. Jetzt machte man sich schon daran, die Fenster einzusetzen und die Balkongeländer anzubringen.

„Das da wird unseres", sagte Alfred Kuntz und legte den Arm um die Schultern der Frau neben ihm. „Da kannst du nächsten Sommer Blumenkästen aufhängen, auf dem Balkon oder im Garten im Liegestuhl sitzen und dir die Sonne aufs Gemüt scheinen lassen."

Die Frau schien von dieser Aussicht nicht ganz so begeistert zu sein. Sie nickte nur stumm, strich sich mit einer kraftlosen Handbewegung eine Haarsträhne aus dem Gesicht. Der Ring an ihrem Finger blitzte einen Moment lang im Sonnenschein, bevor die Hand sich wieder im trotz warmem Wetter langen Ärmel verkroch.

Alfred Kuntz nahm seinen Arm von den Schultern der Frau. „Komm, Claudia", sagte er, „wir müssen vor zwölf wegen der Feier am Freitagabend mit der Cateringfirma sprechen. Das geht am besten persönlich. Der Chef ist mir noch was schuldig."

Am zweiten Ferientag trafen Maria Liliencron und Traude Kranzlbauer einander schon gegen zehn Uhr im Café Sisi. Es war die ältere der beiden Lehrerinnen gewesen, die Zeit und Ort vorgeschlagen hatte. Der Vormittag war Maria Liliencron ganz recht gewesen, über das Café Sisi als Treffpunkt hatte sie sich ein bisschen gewundert. Aber Traude Kranzlbauer hatte erklärt, in diesen Ferien wolle sie einmal faul sein und nicht nur nicht unterrichten, sondern fürs Erste auch nichts backen und stattdessen die Auswahl an Mehlspeisen im Café Sisi besser kennenlernen.

So saßen die beiden Frauen an diesem strahlend sonnigen Vormittag unter einem der bunten Schirme im kleinen Gastgarten. Unweit von ihnen hatte kurz nach ihrer Ankunft ein alter Herr Platz genommen. Von diesen drei Personen abgesehen war der Gastgarten leer. Trotzdem bat Petra Sandor um Viertel nach zehn die vier jungen Männer der Rollenspielgruppe, sich an den gewohnten Tisch in der hinteren Ecke des Gastraumes zu setzen. Am späteren Vormittag müsse man mit einem Ansturm von Gästen rechnen, die es bei diesem herrlichen Wetter bestimmt nach draußen ziehe. Und weil die jungen Herren doch, na ja, wie sollte sie sagen …

Aber die vier verstanden auch ohne weitere Worte seitens der Konditorin, dass die begehrten Plätze an der Sonne jenen Gästen vorbehalten sein sollten, die hier nicht drei oder mehr Stunden bei nur einer Flasche Mineralwasser oder einem Glas Himbeersoda verbrachten. Das war der Deal gewesen, damals im Winter, und daran hielten sich Andreas, Daniel, Walter und Jussuf-Justus auch jetzt. Ohnehin war es drinnen kühler und eigentlich angenehmer als in der schwülen Hitze des kleinen Gastgartens.

„Unser Fred wird also heiraten", sagte Traude Kranzlbauer, nachdem Petra Sandor eine Melange, ein Glas Apfelsaft mit Leitungswasser, eine Esterhazytorte und eine Joghurtschnitte vor die beiden Lehrerinnen auf das quadratische Tischchen gestellt hatte.

Im Unterschied zu den Tischen mit gusseisernem Fuß und runder Marmorplatte war das Mobiliar im Gastgarten weniger stilvoll als witterungsbeständig. Die abwaschbaren Sessel hielten Regen und sogar Schnee stand, die Tische mit den unansehnlichen quadratischen Platten hatte Petra Sandor mit weißen Tischtüchern verhüllt. Zwar war auch deren Stoff robust und leicht zu reinigen, aber er verdeckte das graue Hartplastik und verlieh, gemeinsam mit den bunten Sonnenschirmen, dem Gastgarten einen gewissen Charme, sodass man beinahe vergessen konnte, dass man sich eigentlich nur in einem engen Hinterhof, nicht auf einer weitläufigen Terrasse mit Blick auf Kurpark, Allee und Springbrunnen befand. Schatten spendete neben den Schirmen nur die Feuerwand des Nachbarhauses.

Maria Liliencron schob sich ein Stück Joghurtschnitte in den Mund.

„Wirst du zur Hochzeit kommen?", fragte Traude Kranzlbauer.

Die jüngere Kollegin schüttelte, konzentriert kauend, den Kopf.

„Hast eh recht", meinte die ältere. „Ende August bist du ja schon in Mutterschutz, oder?"

Immer noch kauend nickte Maria Liliencron. Nachdem sie geschluckt hatte, trank sie von ihrem Apfelsaft.

„Und du willst mir noch immer nicht verraten, von wem das Kind ist?", versuchte Traude Kranzlbauer erfolglos, das Thema zu wechseln.

Da sich Apfelsaft noch schlechter kauen ließ als Joghurtschnitte, stellte Maria Liliencron das Glas zurück auf den Tisch und sagte: „Nein." Einige unangenehme Sekunden lang schwiegen die beiden Lehrerinnen. Dann fragte Maria Liliencron: „Und was ist mit dir?"

„Mit mir? Ich bin nicht schwanger", meinte Traude Kranzlbauer und wirkte irritiert.

„Natürlich nicht", entgegnete Maria Liliencron. „Ich habe gemeint, ob du zu Freds und Claudias Hochzeit gehst."

„Nein, ich glaube nicht", gab die Kollegin gedehnt zur Antwort.

„Warum ... huch, entschuldige bitte, ich muss mal. Das Baby drückt auf meine Blase." Etwas ungelenk erhob sich Maria Liliencron aus dem witterungsbeständigen Kunststoffsessel und eilte, so schnell sie konnte, in Richtung Toilette davon.

Traude Kranzlbauer rührte mit dem Löffel in ihrem Kaffee, obwohl der Zucker darin sich längst aufgelöst haben musste. Was war das nur mit Maria? In Gedanken versunken starrte die Lehrerin in die Ferne, die so fern gar nicht war, da ihr Blick den alten Herrn, der alleine an seinem Tischchen saß, traf und an oder bei diesem haltmachte. Oder haltgemacht hätte, wenn es denn ein richtiger, ein sehender Blick gewesen wäre und kein leeres Vor-sich-hin-Starren. Doch auch wenn Frau Kranzlbauer den Herrn nicht wahrnahm, quasi durch ihn hindurchsah, fühlte der sich nach ein paar Minuten doch unangenehm berührt. Verunsichert, aber zugleich sehr höflich nickte er Traude Kranzlbauer zu. Die wurde sich ihres Starrens mit einem Mal bewusst, errötete, was dank des Schattens, den der orange Sonnenschirm auf ihr Gesicht warf, nicht weiter auffiel, und nickte dem Herrn ebenfalls freundlich zu, bevor sie sicherheitshalber den Kopf abwandte und stattdessen auf die Tür zum Haus schaute, durch die Maria Liliencron jeden Moment zurückkommen musste.

Nachdem diese schließlich in den Gastgarten zurückgekehrt war und sich wieder in den Plastiksessel gezwängt hatte, deutete Traude Kranzlbauer, ohne hinzuschauen, mit einer Kopfbewegung in Richtung des alten Herrn.

„Kennst du den?", fragte sie die jüngere Kollegin.

Diese wiegte den Kopf hin und her. „Nicht direkt", sagte sie. „Ich habe ihn aber schon öfter hier im Café Sisi gesehen. Er heißt, glaube ich, Hirschhauser. Zumindest habe ich Frau Sandor das einmal zu ihm sagen hören."

„Hirschhauser?"

„Ja, wie meine Therapeutin", bestätigte Maria Liliencron. Sie steckte ein weiteres Stückchen Joghurtschnitte in den Mund und ließ die Creme genießerisch auf der Zunge zergehen.

„Gehst du eigentlich noch zur Therapie?", wollte Traude Kranzlbauer wissen.

„Nö", lachte Maria Liliencron, als sei eine Psychotherapie oder auch nur eine psychologische Beratung die witzigste Sache der Welt. „Warum sollte ich? Das mit Eckart ist ausgestanden."

Da konnte ihr Traude Kranzlbauer nicht widersprechen. Weil Freundin Maria aber endlich ein bisschen lockerer geworden zu sein schien, wollte die ältere Lehrerin jetzt ihrerseits etwas loswerden.

„Maria, ich muss dir was gestehen", begann Traude Kranzlbauer. Die Jüngere hob erstaunt die Augenbrauen. „Du hast recht gehabt. Das mit der Mörderjagd war eine dumme Idee von mir."

„Welche Mörderjagd?", fragte Maria Liliencron, die Freundin Traudes Neben- oder, wenn man ehrlich war, Hauptbeschäftigung der letzten Monate völlig vergessen zu haben schien.

„Meine Besessenheit von der schwarzen Witwe. Du weißt schon, die Geschichte aus den alten Zeitungen."

Da erinnerte sich die jüngere Lehrerin wieder daran, wie sie damals im Konferenzzimmer über die auf dem Boden hockende ältere gestolpert war. Wie diese ihr von ihren Entdeckungen im Stadtarchiv von Bad Au und in der *Pförringer Wochenpost* erzählt hatte. Wie sie, Maria, sich zunächst von Traude Kranzlbauers Erzählungen über diese schwarze Witwe hatte mitreißen lassen, bis – ja, bis andere Probleme dringlicher und vor allem realer geworden waren. Offenbar hatte nun aber auch die Ältere eingesehen, dass es sich bei ihren angeblichen Entdeckungen nur um Hirngespinste handeln konnte.

„Hast du den Schuldigen denn nicht gefunden?", fragte Maria Liliencron leichthin.

„Ich dachte, ich hätte ihn oder eigentlich sie gefunden", erwiderte Traude Kranzlbauer ernst. „Ich dachte sogar, ich hätte die schwarze Witwe identifiziert, und wollte ihr einen dritten Mord andichten. Einen, nach dem sie – stell dir vor! – nach Bad Au gezogen war."

„Ist nicht wahr!", entfuhr es Maria Liliencron, die, weil in Ferienstimmung, durchaus wieder bereit zu sein schien, Freundin Traude auf der Jagd nach der jetzt immerhin schon Dreifachmörderin zu begleiten.

„Doch, ist es. Das heißt, wahr ist, dass ich es mir eingebildet, mir eine schöne Geschichte zusammengereimt habe. So schön, dass plötzlich auch der Mord an dem jungen Polizisten vor zwei oder drei Wochen hineingepasst hätte. Ich war drauf und dran, zur Polizei zu gehen ..."

„Aber die Sache mit dem Polizisten wurde doch geklärt, oder? Da hat es nicht viel Aufhebens darum gegeben. Eine verwirrte alte Frau, die auf die Polizeidienststelle marschiert ist und dummerweise die Dienstwaffe dieses Inspektors erwischt hat. Es ist ein Jammer, dass die Lebenserwartung immer mehr steigt und die Leute so die Chance bekommen, eine schwere Demenz zu entwickeln. Als gäbe es unter den Jungen nicht schon genug Irre."

„Maria!" Traude Kranzlbauer war entsetzt.

„Beruhige dich, Traude, das habe ich doch nicht ernst gemeint." Maria Liliencron grinste entschuldigend.

„Das will ich auch hoffen", seufzte die Ältere. „Aber *irre* ist ein gutes Stichwort. Irre bin nämlich ich geworden. Es kann gar nicht anders sein. Die Schule, die Masterarbeit und dann noch eine Mörderjagd. Das habe ich offensichtlich nicht verkraftet. Es war einfach zu viel für mich."

„Vielleicht solltest du mal zur Frieda Hirschhauser gehen", lachte Maria Liliencron.

„Ja, vielleicht sollte ich das. Oder zu Istvan Sandor."

Maria Liliencron war derart überrascht, dass sie sich an ihrem Apfelsaft verschluckte und husten musste. Als sie sich wieder beruhigt hatte, fragte sie, da sie sich verhört zu haben glaubte: „Istvan Sandor, der Konditor?"

„Ja, genau der. Das heißt, laut Meisterbrief ist er nur Bäcker. Die

Konditorin ist seine Frau. Na ja, und weil sie seine Frau ist, ist sie schwanger ..."

Maria Liliencron fiel aus allen Wolken, als wäre so eine Schwangerschaft ein derart seltenes, unwahrscheinliches und unerhörtes Ereignis, dass es mindestens einen Eintrag im Guinnessbuch der Rekorde verdiente. Wenn nicht sogar eine Erwähnung in der Lokalzeitung.

„Ja, stell dir vor, so was passiert", meinte Traude Kranzlbauer schmunzelnd.

„Hm, soll vorkommen", pflichtete Maria Liliencron ihr bei. „Aber was hast du damit zu tun?"

„Damit habe ich gar nichts zu tun, das haben die beiden ganz alleine geschafft. Nehme ich jedenfalls an. Aber der Istvan schafft den Betrieb des Kaffeehauses nicht allein. Deshalb ..."

„Deshalb lieferst du deine Mehlspeisen ins Café Sisi", ergänzte Maria Liliencron. Sie schien gleichermaßen beeindruckt und begeistert zu sein. Jetzt wusste sie, wo sie auch während Mutterschutz und Karenzzeit an Traudes Köstlichkeiten kommen konnte. Doch mit dem, was sie darüber hinaus zu hören bekam, hatte sie trotzdem nicht gerechnet.

„Deshalb vertrete ich die Petra Sandor", sagte Traude Kranzlbauer nämlich. „Wenigstens für die nächsten zwei Jahre."

Maria Liliencron war sprachlos. Das Glas Apfelsaft, von dem sie gerade hatte trinken wollen, hielt sie regungslos in der Hand, in der Hälfte der Bewegung erstarrt. „Das ist nicht dein Ernst", sagte sie dann und stellte das Glas, ohne davon getrunken zu haben, wieder auf das Tischchen.

„Doch, das ist es", erklärte Traude Kranzlbauer voller Überzeugung. „In die Schule gehe ich nicht mehr zurück, egal, ob unter unserem lieben Herrn Direktor Fred oder jemand anderem. Das hat mir diese Glaunigg-Althoff ein für alle Mal verleidet. Hauswirtschaft und Französisch kann ich bei uns sowieso nicht in ausreichender Stundenzahl unterrichten und Geschichte darf ich ohne Abschluss nicht mehr. Gut, ich hab's auch früher nicht dürfen, aber da hat sich niemand darum gekümmert. Jetzt ist das anders, also werde auch ich mich verändern. Nur dass ich mir den Stress mit Studium und Masterarbeit nicht mehr antue. Du siehst ja", sagte sie mit einem Augenzwinkern, „dass ich davon ganz paranoid werde."

„Aber deine Pension", wandte die jüngere Kollegin schwach ein. Die Vorstellung, nach der Karenz in eine Schule ohne Traude zurückkehren zu müssen, war ihr unerträglich.

„Maria, wenn ich mein Leben lang an die Pension denke, kann ich mich gleich ins Grab legen. Zwei- oder dreihundert Euro mehr im Alter wiegen die Lebenszeit davor nicht auf."

Während Traude Kranzlbauer der Noch-Kollegin und Freundin von ihren Plänen für die unmittelbare Zukunft erzählte, füllte sich der Garten des Café Sisi. Mehr und mehr Gäste nahmen unter den bunten Sonnenschirmen Platz und Petra Sandor hatte alle Hände voll zu tun. Kaum hatte sie eine Bestellung aufgenommen und war im Haus verschwunden, kam sie auch schon wieder in den Gastgarten geeilt, beladen mit bis zu drei kleinen, ovalen Tabletts, auf denen sie gekonnt volle Mehlspeisteller, Kaffeetassen und Softdrinkgläser balancierte.

„Die Arme", sagte Maria Liliencron mitfühlend. Sie dachte an die vergangenen Monate im Bad Auer Gymnasium zurück, als sie zusammen mit dem wachsenden Leben in ihrem Bauch Unterrichtsmaterialien und Schülerarbeiten zwischen Klassenräumen, Konferenzzimmer und Auto hin und her geschleppt hatte. Nicht zu vergessen die Last der Sorgen wegen dieser – zweiten – ungeplanten Schwangerschaft.

„Das willst du dir wirklich antun?", fragte sie Freundin Traude, obwohl der Faktor Schwangerschaft bei der natürlich keine unmittelbare Rolle mehr spielte.

„Warum denn nicht? Anstrengend ist die Arbeit in der Schule auch, erzähl mir nicht das Gegenteil. Vielleicht hätte ich sogar schon früher gehen sollen, dann hätte ich mir manchen Ärger erspart. Aber da war die Petra Sandor halt noch nicht schwanger."

„Aber das frühe Aufstehen, das stundenlange In-der-Backstube-Stehen und dann musst du tagsüber auch noch die Gäste bedienen", wandte Maria Liliencron ein.

„Wo liegt der Unterschied?", fragte Traude Kranzlbauer mit vielsagendem Blick.

„In deinem Alter", versuchte die jüngere Lehrerin es ein letztes Mal.

„Noch bin ich gut beieinander. Und ob ich dereinst als körperliches, aus Sicht von Vater Staat aber noch nicht pensionswürdiges

Wrack durch die Gänge des Gymnasiums oder die Räumlichkeiten des Café Sisi schlurfe, ist doch g'hupft wie g'hatscht."

Da konnte Maria Liliencron nicht anders, als der Freundin lachend zuzustimmen.

„Und den Zeitdruck", sagte diese mit einem Blick auf ihre Armbanduhr, „den habe ich jetzt schon, weil ich sogar in den Ferien von einem Termin zum anderen hetzen muss." Traude Kranzlbauer sah sich suchend nach Petra Sandor um, die in diesem Moment aber im Gastgarten nicht zu sehen war. Es konnte sich jedoch nur um Sekunden handeln, bis sie wieder mit zwei oder drei Tabletts durch die Tür gelaufen kam. Sekunden, die Maria Liliencron nützte.

„Stress die arme Frau Sandor nicht, Traude. Heute lade ich dich ein. Du darfst dich dann in Zukunft gerne revanchieren."

„Ich kann doch nicht die Kuchen und Torten meines Arbeitgebers verschenken", sagte Traude Kranzlbauer erschrocken.

„Deine Kuchen und Torten", korrigierte Maria Liliencron sie. „Aber selbstverständlich hast du recht, das kannst du wirklich nicht. Dann werde ich in Zukunft also für den Genuss deiner Mehlspeisen bezahlen müssen." Sie tat bedrückt. „Heute geht die Rechnung trotzdem auf mich", fügte sie mit einem Lächeln hinzu. „Mach's gut, Traude, und lauf los, damit du nicht zu spät kommst. Wohin eigentlich?"

„Ins Stadtarchiv. Die letzten alten Zeitungen zurückgeben, damit ich nicht doch wieder in Versuchung komme."

„Viel Glück", lachte Maria Liliencron und winkte der Freundin zum Abschied. Dann streckte sie die wegen der Schwangerschaft ein bisschen angeschwollenen Beine von sich. Zwischen den aufgespannten Schirmen hindurch fiel ein Sonnenstrahl auf ihren Bauch, der sich unter dem dünnen Sommerkleid wölbte. Maria Liliencron genoss die Wärme und schloss die Augen. Sie fühlte sich herrlich entspannt und merkwürdig frei in dem Stimmengewirr des Gastgartens, umgeben von ihr fremden oder doch nur vage bekannten Menschen, die hier für eine kurze Zeit bei Kaffee und Petra Sandors Mehlspeisen ihre Sorgen und Nöte vergessen konnten.

Als Maria Liliencron die Augen wieder öffnete, standen zwei alte Frauen unschlüssig in der Tür zum Haus. Unter grauer beziehungsweise grauvioletter Dauerwelle hervor schweiften ihre Blicke über den kleinen Gastgarten des Café Sisi. Doch so angestrengt sie auch suchten, es war kein Tisch mehr frei. Maria Liliencron bemerkte die beiden Frauen und erkannte auch deren Problem. Ächzend zog sie ihre langen Beine wieder unter dem Tischchen hervor. Mit der Hand bedeutete sie den zwei Alten, bei ihr Platz zu nehmen.

„Sie können sich zu mir setzen“, sagte sie, als die beiden herangekommen waren. „Ich wollte sowieso gerade gehen, muss nur noch zahlen.“

Lise Vrabec und Gerti Haberhauer ließen sich erleichtert auf die witterungsbeständigen Plastiksessel sinken.

„Das ist wirklich sehr lieb von Ihnen“, sagte Erstere.

Und Zweitere fügte hinzu: „Ich hoffe, wir vertreiben Sie nicht.“

„Nein, nein“, beeilte sich Maria Liliencron zu versichern. „Ich muss ohnehin langsam nach Hause. Mittagessen kochen.“

„Für wen eigentlich?“, fragte sie sich insgeheim. Töchterchen Iris verbrachte den ganzen Tag mit ihren Freundinnen im Freibad. Die Beziehung zu Jakob hatte in den vergangenen Wochen anscheinend einen Knacks bekommen.

Maria Liliencron kam jedoch nicht dazu, sich weitere Gedanken über Jakob, Iris oder die Notwendigkeit des Kochens zu machen, weil sie Petra Sandors ansichtig wurde, die schon wieder flink von einem Gast zum nächsten lief.

„Zahlen bitte“, rief sie ihr zu.

Nachdem Maria Liliencron die Rechnung für Traudes und ihre Konsumation beglichen hatte, verabschiedete sie sich mit einem verbindlichen Nicken von ihren beiden Kurzzeittischgenossinnen, die gerade bei Frau Sandor ihre Bestellung aufgaben. Schon wollte die junge Lehrerin den Gastgarten in Richtung Haus verlassen, um durch den Gastraum hindurch auf die Straße zu gelangen, da fiel ihr Blick auf Alois Hirschhauser. Der alte Herr saß immer noch alleine an seinem Tischchen, eine einsame Insel inmitten eines wogenden Meeres aus fröhlichen Menschen unter bunten Sonnenschirmen.

„Das Mittagessen kann warten“, beschloss sie und bahnte sich mit ihrem dicken Bauch unter dem dünnen Sommerkleid einen Weg zu dem alten Herrn. „Verzeihung“, sagte sie leise zu ihm, der schon seit geraumer Zeit mit einem wehmütigen Zug um den Mund auf seine leere Kaffeetasse gestarrt hatte. „Darf ich mich zu Ihnen setzen?“

Alois Hirschhauser hob seinen Blick und sah Maria Liliencron direkt in die Augen.

„Sehr gerne", sagte er mit einem freundlichen Lächeln. „Ich bitte Sie darum, junge Dame."

Sein Lächeln erwidernd, nahm Maria Liliencron neben ihm Platz. „Herr Hirschhauser, habe ich recht?"

Der alte Herr nickte, scheinbar erfreut.

„Darf ich uns noch etwas zu trinken bestellen?", fragte Maria Liliencron weiter.

„Gerne", sagte Herr Hirschhauser, „betrachten Sie sich als mein Gast."

„So habe ich das nicht gemeint ..."

„Das weiß ich, junge Frau, aber, bitte, lassen Sie mich Sie doch zur Feier des Tages einladen."

„Zur Feier des Tages?"

„Ja, zur Feier des Tages. Weil ich mich darüber freue, dass Sie mir altem Mann Gesellschaft leisten." Er sah sie warm an.

„Ich bin Maria Liliencron", sagte die junge Lehrerin, seine Freundlichkeit mit ihrem Blick erwidernd, und streckte ihm die Hand hin. „Bitte, bleiben Sie sitzen", sagte sie, als Herr Hirschhauser Anstalten machte, sich zu erheben. „Händeschütteln geht auch im Sitzen."

Es war bereits halb zwei. Maria Liliencron hatte das Mittagessen Mittagessen sein beziehungsweise die Arbeit des Kochens Petra Sandor überlassen und erstmals in ihrem Leben den Tagesteller im Café Sisi probiert. Gemüselasagne. Mit frischem Basilikum, wie Herr Hirschhauser anerkennend feststellte.

Maria Liliencron wunderte sich im Nachhinein darüber, dass sie einem Menschen, den sie bis dahin nur dem Namen nach – und das nicht einmal sicher – gekannt hatte, ihre ganze Lebensgeschichte erzählte hatte. Na ja, nicht wirklich die ganze, weil das selbst bei ihren aus Alois Hirschhausers Sicht geradezu lächerlichen einunddreißig Jahren zu lange gedauert hätte. Aber doch die Geschichte der letzten gut sechs Monate. Die Geschichte Benjamins. Schwierige Lebensphasen waren entschieden leichter mit Menschen zu besprechen, die damit nichts zu tun hatten. Mit Außenstehenden. Auch Diana Martin war so eine Außenstehende gewesen, erinnerte sich Maria Liliencron. Und als sich herausgestellt hatte, dass sie so außenstehend gar nicht war, hatte die Kommunikation merklich an

Offenheit eingebüßt. Zum Glück bestand bei Alois Hirschhauser nicht die Gefahr, dass er mit ihr das gleiche oder auch nur ein ähnliches Schicksal teilte, dachte Maria Liliencron. Er war einfach ein alter Mann, vom Leben gezeichnet, aber nicht verbittert. Froh über Gesellschaft, zugleich höflich-zurückhaltend und dabei doch warmherzig in seiner Art. Sie fühlte sich seit zwei Stunden wohl in seiner Gegenwart. Er hatte ihr von Hildegard Binsen erzählt und Maria Liliencron meinte, sich der Verstorbenen vage entsinnen zu können. War sie nicht damals, als sie mit Eckart hier ... Ja, das musste die Frau gewesen sein. Mit schneeweißem, zu einer kunstvollen Frisur hochgestecktem Haar. Herr Hirschhauser bestätigte Maria Liliencrons Erinnerung mit einem wehmütigen Lächeln. Ja, das sei sie gewesen, Hildegard Binsen.

Da hatte Maria Liliencron von Eckart Glück erzählt, der ebenfalls Stammgast im Café Sisi gewesen war. Mit ihm habe sie hier manch nette Stunde verbracht. Sogar ein bisschen verliebt habe sie sich in den verträumten Musiklehrer, der als Deutschlehrer eigentlich auch ihr Fachkollege gewesen war. Nur dass er, soweit sie wisse, dieses Fach nie unterrichtet hatte. Die Musik war ihm lieber gewesen.

Und dann, sagte Maria Liliencron, sich schmerzlich an den Sommer vor einem Jahr erinnernd, sei er ihr vors Auto gesprungen. Einfach so. Und sie habe nicht mehr bremsen können. Der schrecklichste Tag in ihrem Leben sei das gewesen, verkraftbar nur dank der Hilfe einer hervorragenden Psychologin, einer gewissen Frieda Hirschhauser. Ob diese vielleicht ...

Ja, die Elfi, hatte Herr Hirschhauser gesagt. Seine Enkelin, das gute Kind. Die habe der jungen Frau also geholfen?

Maria Liliencron bestätigte das und fügte hinzu, ihre Lebensfreude habe sie dank der Frieda wiedergefunden. Vielleicht ein bisschen zu viel. Zu Silvester habe sie es mit der Lebensfreude wohl übertrieben. Es folgte die Geschichte Benjamins, die den namentlich nicht genannten Alfred Kuntz nur ganz zu Beginn mit einschloss. Die Zukunft gehöre ganz allein ihr, Maria, Iris und dem kleinen Benjamin.

„Maria", sagte Alois Hirschhauser mit warmer Stimme und legte seine Hand vorsichtig auf den Arm der jungen Lehrerin. „Wenn das Kind schon keinen Vater hat, dann braucht es vielleicht einen Opa?"

Maria Liliencron ergriff mit beiden Händen Herrn Hirschhausers Linke, drückte sie fest und sagte: „Ja, Alois, den braucht es bestimmt.“

Kurz nach ein Uhr hatten langsam auch die Mittagsgäste damit begonnen, das Lokal zu räumen. Eine halbe Stunde später saßen im Gastgarten des Café Sisi nur noch Alois Hirschhauser und Maria Liliencron unter einem hellgrünen Sonnenschirm. Im Gastraum im Inneren des Hauses waren die vier jungen Männer der Rollenspielgruppe nach wie vor die einzigen Gäste.

Petra Sandor zog sich einen der leeren Sessel hinter die Theke und setzte sich, um ein bisschen auszuruhen, bevor der Trubel am Nachmittag einsetzen würde. Es war die Tageszeit, da ihr Mann Istvan sich für ein Stündchen aufs Ohr haute, wie er es nannte, um die in der Backstube verbrachten Nachtstunden ein wenig auszugleichen.

„Haben wir das Monster gefangen oder nicht?“, drang eine aufgebrachte Stimme aus dem hinteren Teil des Gastraums an Petra Sandors Ohr.

„Habt ihr, aber nicht so, wie es vorgesehen war“, gab eine andere, nicht minder aufgebrachte zurück.

„Was kann ich dafür, dass du das nicht richtig planst? Wenn du dir ständig irgendwelche Fantasiewelten ausdenkst, muss dein Grips auch so weit reichen, dass du dir die entsprechenden Naturgesetze dazu überlegst.“

„Vielleicht sollten wir wirklich einmal ein bisschen näher an der Realität bleiben“, unterbrach eine dritte Stimme die beiden streitenden. „Daniel, hast du nicht das letzte Mal gesagt, du hättest eine Geschichte *wie aus dem Leben gegriffen*? Lass hören.“

Die Stimmen verstummten, stattdessen war das Scharren von Füßen zu vernehmen.

„Na gut“, erhob sich schließlich zögernd das Organ von Daniel. „Ihr dürft aber nicht lachen.“

„Tun wir nicht, versprochen. Schieß los.“

„Für die erste Szene brauchen wir eine alte Frau, einen alten Mann und einen Polizisten ...“

„Nicht den Polizistenmord von vor drei Wochen“, rief die erste Stimme ablehnend.

„Nein, keine Sorge, da kam doch kein alter Mann vor“, beruhigte Daniel.

„Was weiß ich, ich war ja nicht dabei.“

„Du bist auch kein alter Mann“, meinte Stimme Nummer zwei, „höchstens ein lästiger, der den Daniel nicht ausreden lässt.“

„Selber“, gab Stimme Nummer eins beleidigt zurück.

„Klappe, Andi, gib unserem Goldlöckchen eine Chance.“

„Meinetwegen“, seufzte der für den Nachmittag als Spielleiter beurlaubte Andreas. „Dann kann ich gleich die Rolle der Alten übernehmen.“

„Wunderbar“, freute sich Daniel. „Justus, du bist der alte Mann. Und du, Walter, spielst den Polizisten.“

„Und was ist mit dir, brauchen wir dich auch?“

„Logo“, erwiderte Daniel. „Aber fürs Erste bin ich mal nur der Erzähler.“

„Dann erzähl endlich“, drängte Andreas ungeduldig.

„Also gut“, hob Daniel an, „obwohl die ersten Worte eigentlich von dir kommen.“

„Und was sag ich?“

„Im Café Sisi ist es jetzt viel netter, sagte die alte Dame am Ecktisch gerade, als Inspektor Obermayer – Walter, das bist du – schniefend das Lokal betrat. Er klopfte sich den Schnee vom Mantel und fluchte. Dass einem im Winter aber auch immer die Brille anlaufen musste, kaum dass man einen geschlossenen Raum betrat ...“

Petra Sandor hinter der Theke konnte sich das Lachen nicht verbeißen.

Die Autorin

Elisabeth Martschini

geboren 1981 in Baden bei Wien, diktierte ihrer Mutter schon als Kind kleinere Geschichten, die sie anschließend selbst illustrierte.

Über die Studien der Vergleichenden Literaturwissenschaft und der Germanistik an der Universität Wien fand sie schließlich zur eigenen Literaturproduktion zurück. 2015 erschien ihr Debütroman „GlücksFälle", der erste Band einer Trilogie rund um das Leben und Sterben(lassen) im schrecklich idyllischen Kurort Bad Au. Martschini verfasst Romane und Kinderbücher, Übersetzungen aus dem Mittelhochdeutschen sowie wissenschaftliche Texte zum Lesen und Schreiben im Hoch- und Spätmittelalter.

Bis 2017 war sie Lektorin an der Karlsuniversität in Prag.

Unser Buchtipp

Elisabeth Martschini
GlückLos
Bad Auer Trilogie Band 2

ISBN: 978-3-96074-005-6
Taschenbuch, 164 Seiten

Das Morden geht auch nach dem Unfalltod des verschrobenen Musiklehrers Eckart Glück weiter. Zumindest sollte es das nach Ansicht so mancher Lehrerkollegen, die die neue Direktorin des Bad Auer Gymnasiums mit allen Mitteln loszuwerden versuchen. Allerdings sind ihre glücklosen Mordversuche nicht von Erfolg gekrönt. Erst kalte Berechnung einer im Grunde Unbeteiligten führt zum gewünschten Ziel: Frau Direktor Glaunigg-Althoff sucht das Weite und verschwindet spurlos. Im zweiten Band der Trilogie rund um das Leben und Sterbenlassen im schrecklich idyllischen Kurort Bad Au steht die Schule im Zentrum des Geschehens. Hier werden Machtspielchen gespielt und Intrigen gesponnen, aber auch neue Freundschaften geschlossen und alte Partnerschaften erneuert. Und was sich dort in der kalten Jahreszeit alles ereignet, bespricht man am besten bei Kaffee und Kuchen im etwas altmodischen, aber umso liebenswürdigeren Café Sisi.

Unser Buchtipp

**Elisabeth Martschini
Der Drache Ferdinand**

ISBN: 978-3-86196-624-1
Hardcover, 88 Seiten, farbig
illustriert

Ferdinand ist ein ganz gewöhnlicher Drache. Na ja, vielleicht nicht ganz gewöhnlich: Er isst nämlich kein Fleisch. Deshalb weiß er auch nicht so recht, was er mit den Schafen, die er von den Menschen aus dem nahen Dorf bekommt, anfangen soll. Und was er mit ihrer Wolle tun soll, weiß er erst recht nicht. Zum Glück helfen ihm seine Freunde – der Scherenkrebs Edward, der Waldkauz Strick Saluco, die Färberfroschdame Violet und viele andere – bei der Herstellung lustiger bunter Wollpullover.

Ein Buch über persönliche Stärken, Freundschaft und die kreative Kraft des Miteinanders. Für kleine und große (Vor-)Leser.

www.papierfresserchen.de
www.herzsprung-verlag.de